JN075242

マール
異世界の森の中で目覚めた少年。少々ドジだが、優しく素直な性格。
転生してきたこと以外、記憶があいまい。
とあることからイルティミナの命を救うことに。
イルティミナ・ウォン
マールの旅に付き添う、気高い心を持つ冒険者にして、美しき魔狩人(まりゅうど)。
いつでも凛としていて心強いが、溺愛(?)しているマールのことになると……?

キルト・アマンデス
大剣を使いこなす女戦士。何か秘めた過去があるらしく、普段はやや寡黙。
戦闘では鬼神のごとき強さを誇る、イルティミナたちのパーティーのリーダー格。
ソルティス・ウォン
イルティミナの妹で、優秀な魔法の使い手。
ちょっとおませで小生意気だが、根はよい子。
マールのことをからかい半分、「ボロ雑巾」と呼んだりもする。

鋭い呼気と共に、剣閃が煌めく。
ガギィイイン
白い槍と長い曲牙が激突し、激しい火花が散った。

少年マールの転生冒険記

～優しいお姉さん冒険者が、
僕を守ってくれます!～

月ノ宮マクラ

1

口絵・本文イラスト　まっちょこ

CONTENTS

第一章　旅立ちの記憶

「――旅立ちの心の準備は、できましたか？」

森にある丘《おか》の上で、その女の人は、ゆっくりとこちらを振《ふ》り返《かえ》り、そう言った。

風になびく、深緑色の長い髪《かみ》。

東洋と西洋のハーフのような白い美貌《びぼう》には、柔《やわ》らかな微笑《ほほえ》みが浮《う》かび、真紅《しんく》の瞳《ひとみ》は優《やさ》しく僕《ぼく》を見つめている。

（…………）

その胸元《むなもと》までの身長しかない子供の僕は、その白い美貌を見上げた。

彼女《かのじょ》の手にあるのは、真っ白な槍《やり》。

先端《せんたん》にある美しい刃《は》と魔《ま》法石《ほうせき》を隠《かく》すように、大きな翼飾《つばさかざ》りが閉じられている。

着ている物は、真っ白な鎧《よろい》。

薄《うす》い装甲《そうこう》を何枚も重ねた、動き易《やす》さを重視した金属の鎧だけど、今、その脇腹《わきばら》部分には、大きな穴が空いてしまっている。

背中には、大きな背嚢《リュック》。

重そうな荷物の詰《つ》まったそれを、けれど彼女は、軽々と背負っている。

——その女の人は、冒険者《ぼうけんしゃ》さんだった。

彼女の桜色の唇《くちびる》が開き、美しい声が言葉を紡《つむ》ぐ。

「不安ですか？」

「…………」

コクッ

僕は、正直に頷《うなず》いた。

彼女は優しく微笑み、その白い手が、労わるように僕の頭を撫《な》でる。

「大丈夫《だいじょうぶ》、私がついています」

「…………」

「貴方《あなた》は、見知らぬこの私の命を救ってくれた。だからこそ、今度は私が……このイルティミナ・ウォンが、何があろうと貴方を守ります」

力強い声。

その真紅の瞳は、己《おのれ》の覚悟《かくご》を示すように、真《ま》っ直《す》ぐ僕を見つめている。

想《おも》いの熱が伝わり、それは僕の胸を焼く。

「うん」

僕は、信頼《しんらい》を込めて、彼女に頷きを返した。

彼女は、嬉《うれ》しそうに笑った。
そうして視線を眼下に向ける。
そこに広がるのは、地平の果てまで続いている大森林だ。
遥《はる》か彼方《かなた》、数十キロも続いていそうな緑の木々が集まった世界だった。
そして、この見渡《みわた》す限りの範囲《はんい》に、人の暮らす町や村は1つもない。
（………………）
大自然の恐《おそ》ろしさに、嫌《いや》でも心と身体は震《ふる》える。
ギュッ
そんな僕の手を、隣《となり》に立つ美しい女の人は、強く握《にぎ》ってくれた。
「大丈夫《だいじょうぶ》です」
もう一度、同じ言葉。
森を見つめるその真紅の瞳には、強い覚悟の光が宿っていた。
「貴方は、私が守ります。必ず2人で、この森を抜《ぬ》けましょう」
「うん」
僕は、大きく頷いた。
繋《つな》いだ手のひらは、とても熱い。
僕らは笑い合い、木々の広がる大森林へと足を踏《ふ》み出《だ》し、丘を下って歩きだした。
歩きながら、その端正《たんせい》な美貌を覗《のぞ》き見《み》る。

（…………）

この森で彼女と出会ったのは、数日前。

——その美しい横顔を見上げながら、僕はふと、彼女と出会うまでの数日間を思い出していた。

第二章　転生した僕

気がついたら、僕は、白い光の世界に浮かんでいた。

（あ……僕は死んだんだね）

不思議と、そうわかった。

日本人として成人するまで生きて、けれど寿命《じゅみょう》を迎《むか》える前に、事故で死んでしまったのだと、なぜか理解した。

でも、生前の記憶《きおく》が曖昧《あいまい》だった。

（名前……なんだっけ？）

それも思い出せない。

そのせいか、死んでいるというのに不安や恐怖《きょうふ》は、そんなになかった。

むしろ安らいでいる感じだった。

ふと見たら、僕の身体は光でできた人型になっていた。

そして、その光の肉体は、足元から少しずつ光の粒子《りゅうし》となって散っていく。

（あぁ……）

これが『魂《たましい》』の最期《さいご》なんだと思った。

白い光の世界で、人の魂は、こうして溶《と》けて消えていくんだ――そう悟《さと》った、その時だ。

グンッ
（え……？）

何かに強く引っ張られた。

光の粒子になっていく僕の肉体は、崩壊《ほうかい》しながら、ある方向へと吸い寄せられている。

（な、なんだ？）

少し慌《あわ》てて視線を送る。

その先には、僕よりもずっと大きな『魂の光』があった。

僕の肉体を構成していた光の粒子は、そのより強い輝《かがや》きの中へと吸い込まれていく。

（……あれは、いったい？）

その存在を見つめていると、
ポワン
見つめる瞳も含《ふく》めて、ついに僕の頭まで、光の粒子になってしまった。

思考が……ぼやける。

あぁ……僕は、いったい……何が……あれは……、…………。

…………。

…………。

…………。

◇◇◇◇◇◇◇

次に気がついたら、今度は、青い空を見上げていた。

「……え？」

思わず、目を瞬《まばた》いた。

慌てて身体を起こすと、自分が古びた石の台座に横になっていたことに気づく。

台座の表面には、魔法陣《まほうじん》のような図形が刻まれていた。

（なんだ、これ？）

石の表面を撫でるとザラザラしていて、けれど、角は風化して丸くなっている。

何十年、もしくは、何百年も前に造られた台座みたいだ。

緑色の苔《こけ》が付着している部分もある。

（…………）

唖然《あぜん》としながら、周囲を見回した。

森だ。

３６０度、視界に入ってくるのは、背の高い木々が並んだ森だった。

ここは、その森の中で、少しだけ開けた空間だった。

「………」

言葉がない。

僕は茫然《ぼうぜん》としながら、石の台座から降りようとする。

高さは50センチほどで、何気なく、地面に向かって片方の足を伸《の》ばした。

（ん……わっ？）

なぜか地面が遠い！

ゴロ　ゴロン

僕は、無様に地面に転がってしまった。

いてて……。

何が起きたのかわからないまま、僕は石の台座に手をついて、起き上がろうとした。

その自分の手を見て、動きが止まる。

――これ、誰《だれ》の手？

そう思った。

人間は、他人を認識《にんしき》する時は、相手の顔を見てすると思う。

でも、自分を認識する時は、鏡や写真、映像などでしか見られない顔よりも、よく目にする手を見て認識しているんだろう。

だから、わかる。

これは間違《まちが》いなく、僕の手じゃない。

生前の記憶は曖昧だけれど、それだけは、はっきりわかった。

こんなに小さく、細くもない。

（っていうか……これ、子供の手だよね？）

そう気づいて、改めて自分の身体をペタペタ触《さわ》って、確認《かくにん》した。

うん、やっぱり子供の肉体だ。

年齢《ねんれい》は、10～12歳《さい》ぐらいかな？

着ている物は、麻《あさ》のような白い生地《きじ》で、けれど袖《そで》や襟《えり》には金糸で刺繍《ししゅう》がされているので、安物ではなさそうだった。

ズボンの中を覗く。

「あ、ついてる」

どうやら性別も、生前と同じみたいです。

でも、ツルツル。

まだ生えていませんでした。

思わず、ちょっと笑っちゃった。

ここまで来たら、さすがに僕も、自分の身に何が起きたのかを理解する。

（……やっぱり転生かな）
うん、生前の僕は、ラノベや漫画《まんが》が好きだったみたいだ。
その可能性が、すんなりと心に落ちる。
とはいえ、それが我《わ》が身《み》に降りかかるとは、さすがに予想もしていなかったよ。
せめて、神様の説明とか、チートがあればいいんだけどな。
（……でも、僕の転生には、そういうのはなさそうだ）
ため息をこぼして、顔を上げる。
見回せば、やはり、あるのは広がる森の景色ばかりだった。
いつまでもここにいても、仕方がない。
とはいえ、どっちに向かえばいいんだろう？
「…………」
森を抜けた風は、少し冷たくて、僕の体温を奪《うば》って空に消えていく。
と、視線を上向けた時、
（あれ？）
背の低い僕の視界の中で、森の木々より頭1つ高く、三角形の何かが見えた。
あれは、屋根？
「つまり人工物だ！」
冷えてきた心の奥《おく》に、パッと希望の光が灯《とも》る。

まだ慣れない子供の身体で、僕はそちらへ向かって、走りだそうとした。

ゴツッ
履《は》いている革靴《かわぐつ》の先に、何かが当たった。

「？」

草むらの中に、灰色の石の破片《はへん》が転がっていた。

結構、大きい。

（…………）

改めて周囲を見回すと、僕が寝《ね》ていた『石の台座』は、ここに7つも存在していた。

ただ、無事だったのは、僕の『石の台座』だけ。

他の6つの『石の台座』は、長年の風化によってか、砕《くだ》け、地面に転がって、みんな壊《こわ》れていた。

冷たい風が吹《ふ》く。

（まるでお墓みたいだ）

なんとなく、そう思った。

もしかしたら、僕の『石の台座』も壊れていたら、僕はここにいなかったのかもしれない。

（…………）

いけない。

少し気持ちが、不安に飲まれそうだった。

パンパン
軽く自分の頬《ほお》を叩《たた》く。
「よし！」
そうして気持ちを切《き》り替《か》えると、僕は小さな足を踏み出して、三角屋根の見えた方向の森の中へと入っていった。

第三章　森の塔

1時間ほど森を歩いて、ようやく見つけたのは、丘の上に建造された塔《とう》だった。
その塔の屋根が、三角に見える円錐形《えんすいけい》になっている。
（かなり古そうだね？）
石造りの外壁《がいへき》には、たくさんの植物の蔦《つた》が絡《から》まっていた。
塔の玄関《げんかん》らしい部分に近づいてみる。
そこには、観音開きの重厚《じゅうこう》な扉《とびら》があった。
「…………」
けれど、そこもたくさんの蔦で覆《おお》われている。
（つまり、長い間、この塔に人の出入りがなかった……って証拠《しょうこ》だよね？）
ガクッ
やっぱり落ち込む。
それでも中に入ろうとしてみたけれど、
グ、ググ……ッ
（……っ、蔦が切れない）

絡んだ蔦は強靭《きょうじん》で、全力で引っ張っても千切れなかった。
これは大人の筋力でも無理だろう。
……植物、強い。
「どうしようかな？」
悩《なや》みながら、塔の裏手に回ってみると、
（お？）
塔の2階部分が崩《くず》れて、亀裂《きれつ》ができている。
崩れた瓦礫《がれき》が積み上がっているので、そこを足場にすれば、中に入れそうだった。
（よし、行ってみよう！）
僕は、子供の短い手足を、必死に伸ばして、何とか瓦礫をよじ登る。
何度か落ちそうになりながら、ようやく亀裂から塔の中に入った。
「ふぅ」
そこは、塔の内側に造られた螺旋《らせん》階段の途中《とちゅう》だった。
階段は上下に伸びていて、中央部分は吹き抜けになっている。
（おや？）
薄暗《うすぐら》い塔の内部で、なぜか階下の方だけが明るかった。
なんだろう？
コツン　コツン

僕の足は吸い寄せられるように、階段を下側へと降りていった。

◇◇◇◇◇◇

1階は、礼拝堂になっていた。

朽《く》ちた長椅子《ながいす》などが、辺りに転がっている。

その礼拝堂の正面にある一段高い部分には、人と同じサイズの女神像《めがみぞう》が飾《かざ》られていた。

その女神像が光っていたんだ。

（おぉ……何あれ⁉）

初めて見るファンタジーな光景に、ちょっと興奮する。

もしかしたら、女神さまの声でも聞こえてくるんじゃないか……なんて期待しながら、僕は目を輝かせて、女神像に近づいていく。

「…………」

すぐに気づいた。

光っているのは、女神像じゃない。

女神像の両手からこぼれる水だった。

その光る水は、足元の貝殻《かいがら》の形をした台座に落ちて、小さなプールのように溜《た》まっている。

残念。

思ったほどのファンタジーじゃなかった。

でも、光る水というのも初めて見た。

（ふぅん？）

よく見たら、女神像の手首には小さな穴が開いていて、そこから水が出ていた。貝殻の台座には、排水溝《はいすいこう》もある。

ひょっとしたら、地下から湧《わ》き水《みず》を循環《じゅんかん》させてるのかな？

そうして覗き込んでいて、ふと気づいた。

その光る水面に、見たことのない男の子の姿が映っている。

「…………」

茶色い髪をした、10歳ぐらいの男の子だ。

東洋系の平凡《へいぼん》な顔。

青い色をした瞳が印象的で、少し大人しそうな子犬みたいな雰囲気《ふんいき》だ。

僕は、顔を撫でる。

（へぇ……）

その子も同じように、自分の顔を撫でた。

当たり前のことなのに、それが可笑《おか》しくて、つい笑ってしまった。

「あはは。うん、これからよろしくね」

水面に反射する転生した僕は、やっぱり同じように、こちらへ笑顔《えがお》を返してくれた。

◇◇◇◇◇◇

塔の礼拝堂には、他に2つの部屋が繋がっていた。

片方のドアを開ける。

そこは、居住スペースだった。

壊れたベッドや古びた机、本棚《ほんだな》などが置いてある。

埃《ほこり》だらけの室内だけれど、そこには確かに、かつて人が暮らしていた痕跡《こんせき》が残っていた。

「あ、本だ」

本棚には数冊だけ、忘れられたように本が置いてあった。

1冊、手にしてみる。

バラララッ
綴《と》じている紐《ひも》が弱っていたのか、切れて、紙面が床《ゆか》に広がった。

…………。

（ご、ごめんなさい）

思わず心の中で、ここにいない本の持ち主に謝《あやま》ってしまう。

気を取り直して、別の本を取る。

「ん？」

壊れることのなかったその本の表紙には、魔法陣が描《えが》かれていた。

あの『石の台座』の魔法陣と似ている。

パラパラとめくると、見たこともない文字とたくさんの魔法陣の図形が並んでいた。

（あ……この文字、あの魔法陣にも使われていたよね？）

あの時、手で撫でたから、見覚えがある。

「…………」

僕は、改めて部屋を見た。

つまり、この塔が造られたのは、きっと、あの『石の台座』が造られたのと同じ年代なのだ。

（……その当時は、参拝客とか、たくさんいたのかな？）

廃墟《はいきょ》となった礼拝堂を思って、ちょっと物悲しい気持ちになる。

吐息《といき》をこぼして、本を机に置く。

（ん？）

と、その机に引き出しがあることに気づいた。

ガコッ

引っ張ると、中には、小さなペンダントが3つ入っていた。
「……綺麗《きれい》だね」
ビー玉みたいな透明《とうめい》な蒼《あお》い宝石に、紐がつけられただけのシンプルな構造だった。
宝石の中には、光る文字が浮かんでいて、宝石全体も淡《あわ》く光っている。
(何で光っているんだろう?)
すごく興味を惹《ひ》かれるけれど、でも勝手に持ち出したら、泥棒《どろぼう》だよね。
しばらく眺《なが》めた僕は、ペンダントを引き出しにしまう。
それからも室内を探索《たんさく》したけれど、他に目ぼしい物は見つからなかった。
僕は、居住スペースをあとにした。

◇◇◇◇◇◇

もう1つの部屋は、厨房《ちゅうぼう》だった。
(水、食料!)
思わず夢中で捜《さが》したけれど、棚《たな》の中には何もないし、大きな瓶《びん》の中身も空っぽだった。
……しばし落ち込む。

見つかったのは、木製のフォークやナイフ、食器類だ。

自衛の武器にもなりそうにない。

僕は、重い足を引《ひ》き摺《ず》りながら、厨房をあとにする。

「……次、行こう」

次に向かったのは、螺旋階段の上側だ。

コツン　コツン
足音を響《ひび》かせながら、やがて辿《たど》り着《つ》いたのは、最上部らしい見張り台だった。

四隅《よすみ》に柱があり、その上に屋根がある。

中央に鎖《くさり》が下がっているのは、かつて、そこには鐘楼《しょうろう》が吊《つ》るされていたからだろうと予想がついた。

見張り台から、外を見た。

「……うわぁ」

思わず、声が出た。

見渡す限りの大森林。

遥か地平の先まで、緑の木々の葉による絨毯《じゅうたん》が広がっている。遠方に、青く霞《かす》む山脈がようやく見えていた。

（あそこまで、何十キロあるんだろう？）

日本では見られない大自然。

そして恐ろしいことに、その森林のどこにも人工物らしい存在が見つけられなかった。

（…………）

なんて場所に転生したんだろう、僕。

3方向は、そんな感じだった。

ただ残る1方向は、少しだけ違《ちが》った。

（あれは、崖《がけ》かな？）

ここからしばらく続いた森の先に、巨大《きょだい》な崖がそびえ立っていた。

この距離《きょり》でもはっきりわかるのだから、その壁面《へきめん》の高さは50メートル。いや、100メートルはあるのかもしれない。

切り立ったそれが左右に、地平の果てまで続いていた。

（……まるで僕を閉じ込める、刑務所《けいむしょ》の壁《かべ》みたいだ）

しかも、崖の向こう側も、また森だ。

絶望とは、こういうことを言うのだろうか……？

思わず、その場にへたり込んでしまう。

「……喉《のど》、乾《かわ》いたなぁ」

僕は、呟《つぶや》いた。

ここから見た感じ、近くに川や池、湖などもありそうになかった。

その事実が、また渇《かわ》きを刺激《しげき》する。

異世界生活1日目とはいえ、慣れない子供の身体で、森を歩き、建物の探索をしたのだ。

僕は、かなり消耗《しょうもう》していた。

（……仕方ない。思い切って、試《ため》してみよう）

自棄《やけ》になったつもりで、僕は立ち上がった。

◇◇◇◇◇◇

僕は、女神像の前にやって来た。

小さな手には、厨房で手に入れた木製の器があり、そこには今、光る水がなみなみと満たされている。

（…………）

不安に、思わず水面を見つめる。

綺麗に光っているけれど、得体のしれない水を飲むのには、やっぱり勇気がいる。

（でも、時間の問題なんだ）

この光る水が飲めなければ、遠からず、脱水《だっすい》で僕は死ぬ。

それを思えば、これが毒でも、死ぬのが遅《おそ》いか早いかの違いでしかないのだ。

「うん。どうせ、1度死んでいるんだしね」

僕は覚悟を決めて、器を口につけた。

コクッ
一口、飲む。

(う……っ⁉)

瞬間《しゅんかん》、僕は硬直《こうちょく》した。

「美味《うま》い⁉」

光る水は、甘《あま》くて爽《さわ》やかで、とても美味《おい》しかった。

痛みや体調の異常などは、どこにも見つけられない。

ゴクゴクッ　ゴクゴクッ
思わず、何杯《なんばい》も飲んでしまう。

この光る水を飲んでいると、不思議なことに喉の渇きだけでなく、空腹まで消えていく気がした。

(まるで魔法の水だね！)

10杯《ぱい》も飲んで、ようやく満足する。

大きく吐息をこぼしていると、ふと僕を見つめる視線に気づいた。

(あ)

僕は居住まいを正して、女神像に両手を合わせる。

深く頭を下げて、お礼を言った。

「ごちそう様でした。とても美味しかったです。ありがとうございました」

…………。

もちろん、女神様は何も言わずに、ただ静かに僕のことを見つめ続けるだけだったけど。

◇◇◇◇◇◇

その夜、僕は、見張り台から、夜空を見上げていた。

都会ではあり得ない、満天の星空。

そこに、紅と白に美しく輝く、２つの月が浮かんでいるのが見えていた。

（……本当に、異世界なんだね）

そう実感した。

地球のどこかに転移したのではない、完全なる未知の世界なのだと思い知る。

「…………」

前世の記憶は曖昧だ。

それでも、二度と日本には戻《もど》れない現実に、一抹《いちまつ》の寂《さび》しさを覚える。

（……大丈夫、大丈夫だよ）
パンッ
気持ちが落ち込みそうなのに気づいて、頬を叩く。
不安に飲まれてしまったら、もう歩けなくなってしまうから。
「よし、今夜はもう寝よう！」
そう声に出して言うと、僕は、立ち上がった。
と、その時だ。
（……あれ？）
眼下の森の中に、僕は、奇妙《きみよう》な紫色《むらさきいろ》の光を発見した。
夜の森は、黒一色だ。
そこにユラユラと揺《ゆ》れる、紫色の光がポツンとある。
その光を見ていると、なぜか胸の奥が苦しい。
「……あ」
いや、よくよく見たら、広大な森のあちこちに、奇妙な紫色の光が生まれていた。
（…………）
思わず、しゃがんで、見張り台の壁の陰《かげ》に隠れていた。
ドクッ　ドクン
なぜだろう？

鼓動《こどう》が、とても強くなる。

あの光が何なのか、わからない。ただ、あまり良くないものの気がした。

漆黒《しっこく》の森に、紫色の光たちは、まだ揺らめいている。

…………。

「うん、確かめるのは明日にしよう」

さすがに夜の森を出歩く勇気はない。

大きく息を吐《は》いて、僕《ぼく》は、そのまま螺旋階段を降りていく。

厨房にあった木製の器に、光る水を入れて、階段に何個も置いておいたから、灯《あか》りはばっちりだ。

一番明るい、女神像の前で眠《ねむ》ることにする。

ガサガサ
そこには、たくさんの葉っぱが積まれていた。

ザ・『葉っぱ布団《ぶとん》』。

硬《かた》い石の床で寝るのは辛《つら》そうだったから、日のある内に、塔の近くで集めてきたんだ。

「お？　意外と、寝心地《ねごこち》いいぞ」

横になり、ちょっと驚《おどろ》く。

思った以上に柔《やわ》らかくて、つい笑ってしまった。

そのまま目を閉じる。

「それじゃあ、おやすみなさい」

誰に言うともなく呟き、そして、大きく息を吐きだした。

よほど疲《つか》れていたのか、僕は、女神像の見守る前で、すぐに眠りに落ちていった。

僕の異世界生活1日目は、こうして終わりを迎えた。


――でも、本当に大変なことは、その翌日に起きたんだ。

第四章　探索と夜紫光《よしこう》

翌日も快晴だった。

「紫色の光、なくなってる」

早朝、見張り台から森を見下ろした僕は、その事実に気づいた。

昨夜、あれだけ森の中にいた紫色の光たちは、太陽の光の下では、どこにも見つけられない。

（……夜行性の光なのかな？）

首をかしげる。

でも、どこで光っていたかは覚えている。

明るい内に、僕は、その場所まで行ってみることにした。

◇◇◇◇◇◇

礼拝堂にあった壊れた長椅子の一部、細長い木材を杖《つえ》の代わりにして、2時間ほど森を歩いた。

現場に到着《とうちゃく》したけれど、

「……何もないね」

結果は、これ。

緑の木々が生《お》い茂《しげ》り、流れる風に、草木が葉を揺らしている。

それだけだ。

誰かの足跡《あしあと》もなければ、紫色の光を発しそうな何かも見つけられない。

(間違いなく、この場所だったよね)

森を歩いている間も、何度も振《ふ》り返《かえ》って、塔の位置を確認したから、方角も合っているはずだ。

ポスン
「はぁぁ」

徒労感に襲《おそ》われて、僕は、近くの木の根元に腰《こし》を落とした。

しばらく動けない。

(…………)

それにしても、穏《おだ》やかな森だ。

吹く風は、柔らかく僕の髪《かみ》を揺らし、森のどこからか小鳥たちの鳴き声がする。

木の枝の上を走ったり、茂みに駆《か》け込むリスやウサギのような小動物の姿も、ここに来るまでの道中で、何度か見かけていた。
平和な森の景色。
日本の都会では、決して見かけることのない光景だ。
(お腹《なか》、空いたなぁ)
ぼんやりと思った時、近くの草むらに、茶色い毛玉がいることに気づいた。
まん丸くて、耳が長い生き物。
(……毛玉ウサギ、かな?)
勝手に命名してしまった。
僕は、足元に落ちていた手頃《てごろ》な石を拾う。
僕は空腹だった。
そして、ここは異世界、きっと弱肉強食の世界だ。
毛玉ウサギに逃《に》げる気配はない。円《つぶ》らな瞳《ひとみ》が、僕のことを見つめている。
(馬鹿《ばか》な奴《やつ》め、僕のお昼ご飯になるがいい!)
僕は、石を持つ手を、大きく振り被《かぶ》った。
…………。
…………。
…………。
やっぱり投げられませんでした。

「……だって、可愛《かわい》すぎる」

地面に両手をついて、うなだれる僕。

毛玉ウサギは小首をかしげ、ピョンピョンとどこかに行ってしまった。

い、いいんだ。

だって、もし毛玉ウサギを手に入れても、ナイフも火もないのに、どうやって捌《さば》いたり調理すればいいと思う？

「……帰ろう」

僕は重い腰を持ち上げて、トボトボと帰路についた。

◇◇◇◇◇◇◇

「ぷはぁ！」

塔に戻った僕は、光る水で食事を済ませた。

（……本当に不思議な水だね）

これだけで、やはり空腹も収まっている。

10杯ぐらいガブガブと飲んで、お腹を満たした僕は、また森の探索に出かけた。

今度は、巨大な崖の方だ。
1時間ぐらい森を歩いて、その崖に到着した。
「……大きいね」
呆然《ぼうぜん》と呟いた。
天を貫《つらぬ》くような垂直の壁に、見上げる首も痛くなる。
まさに断崖絶壁《だんがいぜっぺき》。
それが左右に、どこまでも続いている。
試しに登ってみようと、手をかけた。
ボロッ
「うわ？」
酷《ひど》く脆《もろ》い岩質で、体重をかけた途端《とたん》、簡単に崩れてしまった。
尻《しり》もちをつきながら、見上げる。
「これは登れないぞ」
上までは100メートルはある。
素人《しろうと》の腕《うで》では、まして、今の子供の肉体となった僕では、とても無理だと思った。
よく見たら、周囲には、落石の跡《あと》も結構ある。
（…………）
僕はため息をこぼして、立ち上がった。

他に、もっと登れそうな場所があるかもしれない。

お尻をパンパンと払《はら》いながら、僕は気を取り直して、崖に沿ってまずは右側へと歩いていった。

10分ほどして、

「おや?」

僕は、崖の一部が、妙《みょう》に赤くなっていることに気づいた。

近づいてわかった。

壁画《へきが》だ。

崖の壁に、赤い塗料《とりょう》を使った、大きな絵が描かれていたんだ。

(だいぶ古そうだね)

あちこちが風化している。

けれど、その絵には、巨大な動物のようなものが描かれているのがわかった。

動物は、人の姿をしているけれど、目玉が大きくて、手が4本あって、翼《つばさ》と尻尾《しっぽ》が生えていて、口には牙《きば》もあって、その口から炎《ほのお》を吐いている。

その周囲には、爪楊枝《つまようじ》のような何かを手にした小人たちが集まっていた。

炎の先にいる小人たちは、みんな横になっている。

「…………」

怪物《かいぶつ》と人の戦いの絵……かな?

横になっている小人たちは、つまり……。

その意味に気づいて、僕は震《ふる》える。

（……この異世界には、こんな恐《おそ》ろしい魔物《まもの》が実在するのかな？）

思わず、周囲を見回した。

吹く風が冷たかった。

平和に見えていた森の景色も、何だか不気味に思えてくる。

「………………」

もう少し崖を確認《かくにん》したけれど、他に壁画はなかった。

みんな、風化して、崩れてしまったのかもしれない。

結局、他に登れそうな場所も見つけられなくて、僕は落胆《らくたん》しながら、丘《おか》の上の塔へと戻った。

◇◇◇◇◇◇

塔に戻ったら、もう夕暮れだった。

見張り台から、茜色《あかねいろ》に染まった空を眺めて、僕は考え込んでいた。

（この森から、どうやって出たらいいんだろう？）

悩みはそれだ。

今、目の前に広がる、この地平の果てまで続く大森林を、徒歩で抜《ぬ》けるのは無理だと思えた。

あの断崖絶壁を登れたら、その先に何かあるかもしれない。

そんな希望も持っていたけれど、今日、確認してみたところ、どうやら、それも難しいことが判明した。

「…………」

転生してから2日、何の成果もない。

心が重い。

気分が落ち込む。

（いや、大丈夫《だいじょうぶ》、まだ大丈夫）

自分に言い聞かせる。

まだ2日だ。

2日しか経《た》っていないんだ。

必死に、自分をそう励《はげ》ました。

絶望してしまったら、二度と立ち上がれないと思ったから。


——気がついたら、日が暮れていた。

周囲は、黒く染まり、星々が夜空に煌《きら》めいている。

そして、あの不思議な紫色の光もまた、ポツポツと森に生まれていた。

（……あ）

「…………」

思い切って、行ってみようか？

焦《あせ》る心が、そう囁《ささや》く。

夜の森を歩くのは怖《こわ》いけれど、現状を打破する何かが見つかるかもしれない。

（うん、そうしよう！）

そう決めて、僕は、塔の外に出ることにした。

◇◇◇◇◇◇

２階部分の亀裂から、外に出た。

「…………」

真っ暗だ。

冗談《じょうだん》ではなく、伸《の》ばした自分の手さえ見えない。

（え〜と……あ、そうだ！）

ふと思いついた僕は、一度、塔の中へと戻った。

再び、外へ出る。

「うん、結構、見えるぞ」

視界が確保できたことに、僕は笑った。

そんな僕の胸元《むなもと》では、淡く光る青い宝石が揺れている。

そう、あの居住スペースの机の引き出しに入っていた、３つの小さなペンダントの1つだった。

その輝《かがや》きは小さいけれど、夜の闇《やみ》を払うには充分《じゅうぶん》な光量だった。

（ありがとね）

ピィン
小さな指で、軽く宝石を弾《はじ》く。

青白い光が揺れる。

その儚《はかな》げな青白い光を頼《たよ》りにして、僕は、夜の森の中へとゆっくり進んでいった。

◇◇◇◇◇◇◇◇

夜の森は、昼間の平和な森とは、どこか雰囲気が違っていた。

（……なんか、不気味だね）

まるで影絵《かげえ》のような漆黒の世界。

夜行性の動物たちがいるのだろうか、時折、草木の揺れる音がして、その度に、臆病《おくびょう》な僕の心は跳《は》ねている。

「落ち着け、落ち着け、僕」

自分に言い聞かせ、ペンダントの淡い光で前を照らして、進んでいく。

1～2時間は歩いたと思う。

（確か……この辺だったはず）

周囲の森を確認する。

すると、20メートルほど離《はな》れた漆黒の木々の向こう側に、紫色の光が漏《も》れているのを見つけた。

光は、少しずつ遠ざかる。

（移動してる？）

それに気づいた僕は、慌《あわ》てて、黒い木々の中を追いかけた。

10メートル。

距離が縮まっていく。

5メートル。

紫色の光は、目の前の大木の向こう側だ。

僕は、その大木を回り込む。

3メートル。

すぐ目の前に、それ、、は、いた。

「……え?」

それは――巨大な骸骨《がいこつ》だった。

下半身はなく、けれど上半身だけで、3メートルもの巨体《きょたい》だった。

その巨体は、ユラユラと空中に浮《う》かんでいて、黒いボロ布を頭からまとい、その全身が、あの紫色の光を放っている。

大きな骨の手には、赤錆《あかさ》びて折れた大剣《たいけん》が握《にぎ》られていた。

(…………)

声が出なかった。

そんな僕を、巨大な骸骨は、落ちくぼんだ眼窩《がんか》に妖《あや》しい光を灯《とも》して見つめている。

巨体が、揺らめくようにこちらへと動いた。

その圧力に押《お》されるように、僕の足が無意識に1歩、下がる。

パキッ
小枝を踏《ふ》んだ。

その音で我に返った僕は、脱兎《だっと》のごとく、全力で逃げだした。

(うわぁあ！　何だあれ、何だあれ、何だあれ⁉)

訳が分からない。

無我夢中《むがむちゅう》で、黒い森の中を走った。

それでも足は止めなかった。

パシッ　ビシッ
木々の枝が引っ掛《か》かったのか、服が破れ、皮膚《ひふ》が裂《さ》かれる。

生物としての本能が叫《さけ》んでいる。

あれは、決して生者が触《ふ》れてはいけない、死の世界の住人だ！

安易に近づいていい存在ではなかったのだ。

(まずい、まずい！)

後方から、凄《すさ》まじい圧力が迫《せま》ってくる。

前方の森の木々を照らす青白い光、そこに、妖しい紫色の光が追いつき、ついに重なった。

「っっ」

思わず、振り返った。

――死を司《つかさど》る巨大な骸骨が、すぐそこにいた。

赤錆びた大剣が、僕の眼前で、大きく振り上げられている。

反射的に、杖で防ごうとした。

ドプッ
振り下《お》ろされた大剣は、その杖を簡単にへし折り、僕の左肩《ひだりかた》からみぞおち付近まで食い込んだ。

「……あ？」

強い衝撃《しょうげき》。

驚き、声を漏らした僕の口から、血が溢《あふ》れた。

痛みというより、灼熱《しゃくねつ》の熱さが生まれて脳を焼く。

トサッ
僕は、地面に倒《たお》れた。

（い、息が……できない）

カフッ　カヒュー
傷口は熱いのに、この小さな肉体の末端《まったん》から冷えていくのを感じる。

（まさか……死ぬの、僕？）

その事実が、僕の心に突《つ》き刺《さ》さった。

転生してから何もしていないのに、この骸骨の正体も、この異世界のことも何もわかっていないのに……。

恐ろしい骸骨は、しばらく僕を見つめていた。
やがて、ゆらりと身を翻《ひるがえ》し、森の奥《おく》へと去っていく。
ゆらり、ゆらり。
その紫色の光を揺らしながら、漆黒の世界へと消えていく。
（あ……）
それを見届けた僕の視界は、急速にぼやけた。
もう……何も、見えない。
……なに、も、わからない。
意識が……もう……、……。
…………。

――異世界に転生して２日目の夜、僕は、こうして死んだ。

第五章　希望の崩落

太陽の光が眩《まぶ》しくて、僕は目を覚ました。
同時に、激しい喉の違和感《いわかん》に気づいて、大きく咳《せ》き込む。
「ゲホッ、ゴホゴホッ」
しばらく苦しんで、ようやく呼吸が落ち着く。
（あれ……僕は、いったい……？）
見回した周囲は、森だ。
僕は森の中に倒れていた——そう気づいた瞬間、昨夜の出来事を思い出す。
「！」
慌てて左肩を押さえた。
傷はなかった。
でも、麻《あさ》のような服は、大きくお腹の辺りまで裂けている。
座《すわ》り込む地面は、大量の血液によって、赤黒く変色していた。
（……夢じゃ、ない）
僕は木の幹に手をついて、フラフラと立ち上がる。

（？）

口の中の違和感に気づいて、ペッと吐き出《だ》す。

唾液《だえき》と共に出てきたのは、赤黒い塊《かたまり》だった。血が喉の奥で乾いて、固まっていたらしい。

「…………」

夢じゃないけど……でも生きてるんだね、僕。

その事実を噛《か》み締《し》める。

そうして僕は、朝靄《あさもや》に霞んだ早朝の森を、塔《とう》へと帰るためにゆっくりと歩きだした。

◇◇◇◇◇◇◇

ガラガラ　ペッ　ゴクゴクッ
無事、塔へと帰還《きかん》した僕は、光る水で喉をうがいし、空腹も満たして、ようやく落ち着いた。

水面には、少し憔悴《しょうすい》した男の子の顔が映っている。

「ふぅ」

その頬《ほお》には、飛び散った血の跡が残っていた。

服の破れた部分にも、血液が沁《し》み込んで、赤黒く変色してしまっている。

…………。

間違《まちが》いなく、あの巨大な骸骨に、僕は斬《き》られたんだ。

そうわかる。

僕自身、その時の痛みも、恐怖《きょうふ》も覚えている。

「なら、何で生きてるんだろう、僕？」

上衣を脱《ぬ》いだ。

現れた子供の上半身には、傷1つ残っていない。

真《ま》っ新《さら》な肌《はだ》だ。

その左肩から、みぞおちの辺りまでを、小さな指でなぞる。

（……確かに、ここを斬られたのに）

わからない。

もしかしたら、転生して不死身になってしまったのかな？

ジャボ　ジャボ
考え込みながら、素《す》っ裸《ぱだか》になった僕は、女神像《めがみぞう》の足元にある、光る水の溜《た》まった貝殻《かいがら》の台座に座った。

血と泥《どろ》で汚《よご》れた身体と服を洗おうと思ったんだ。

（う……少し冷たいね）

我慢《がまん》しながら、沐浴《もくよく》する。

と、その時、自分の胸元でユラユラと揺れている物に、ふと気づいた。

首にかかったペンダントだ。

「あれ？」

昨夜は、照明代わりにもした光る蒼《あお》い宝石は、今、輝きを失って、灰色になっていた。

（え、なんで？）

僕は、濡《ぬ》れた裸《はだか》のまま、居住スペースへ向かった。

引き出しの中にまだ残っている、２つのペンダントと見比べる。２つは、まだ淡《あわ》い光を放っている。

僕の手にある灰色の石は、まるで何かの力を失ったような感じだ。

（…………）

もしかして、これのおかげ？

そう思った。

もしそれが事実なら、僕はこの異世界で、あと２つの命を手に入れたことになる。

僕はしばらく呆然と、手の中にある３つの宝石たちを見つめてしまった。

◇◇◇◇◇◇◇

服が乾くまでの間、僕は素っ裸のままで、見張り台から外を見ていた。

「…………」

広がる大森林。

ここからの脱出《だっしゅつ》が、僕の当面の目標だ。

でも、この森には、夜になるとあの巨大《きょだい》な骸骨が出没《しゅつぼつ》する。それも森にあった紫色の光の数を思えば、恐らく何十、いや、何百体もだ。

出会えば殺される。

昼間の内に、森を出るのは、距離的《きょりてき》にも不可能だろう。

（……難易度、高すぎるよ）

2つの命、魔法《まほう》のペンダントを手に入れたけれど、それだけではどうにもならなかった。

…………。

「いや、大丈夫《だいじょうぶ》。まだ大丈夫だって」

落ち込みそうな自分を、慌てて励ます。

この森にはまだ、脱出に役立つような何かがあるかもしれないんだ。

ピイン
首から下げた、新しい蒼い宝石を指で軽く弾く。

（うん、この『魔法のペンダント』だって見つけたんだしね）

そう笑った。
「よし、昼間の内に、また森の中を調べてみよう！」
そう決めた時だった。
ポツッ
肌に何かが当たった。
（ん？）
ふと見上げたら、空に灰色の雲が広がっていた。
雨だ。
ポツッ　ポツポツポツッ　ザザァアアアア
唖然《あぜん》としている間にも、雨足は一気に強くなる。
「い、痛い痛い！」
素っ裸の僕は、ぶち当たる雨粒《あまつぶ》に悲鳴を上げる。
森の探索《たんさく》どころじゃない。
僕は涙目《なみだめ》になりながら、慌てて、塔の中へと避難《ひなん》することになった。

◇◇◇◇◇◇◇

雨は一向にやまなかった。

試《ため》しに、外へ出てみたけれど、雨の弾幕《だんまく》で視界は悪いし、ぬかるんだ地面で転ぶし、散々だった。

(やむまで、塔で大人しくしていよう……)

そう決めた。

そんな僕は今、居住スペースにこもって本を眺《なが》めていた。

何か役立つことが書かれていないかと思ったんだけど、やっぱり文字は読めないし、魔法陣《まほうじん》の意味もわからないしで、ただの退屈《たいくつ》しのぎみたいになっている。

食事代わりの光る水の入ったお椀《わん》を片手に、何時間か眺めた。

(ふ〜ん、33文字かな?)

なんとなく、そこに使われる文字の種類を数えてしまった。

ひらがなが50音で、実質46文字、アルファベットが26文字だから、その中間ぐらいだね。

ガリガリ
暇《ひま》つぶしに、廃墟《はいきょ》の石を拾って、その33文字を床《ゆか》に書く。

(……雨、早くやまないかなぁ)

ガリガリ　ガリガリ
汚れで曇《くも》った窓ガラスの向こう側で、雨はますます勢いを増している。

ガリガリ　ガリガリ　ガリガリ……

…………。

――それから3日間、ずっと雨はやまなかった。

◇◇◇◇◇◇

4日目の早朝、久しぶりの太陽をようやく拝むことができた。

（あぁ、明るいっていいなぁ）

窓からの光に、自然と笑《え》みもこぼれてしまう。

ふと室内を振り返る。

この3日間で、読むこともできない33種類の文字が、床と壁《かべ》一面に刻まれてしまっている。

「……ち、ちょっと、やり過ぎちゃったかな？」

朝日を浴びて、我に返った感じ。

もはや33文字の形、全《すべ》てを暗記してしまったよ、僕。

反省しつつ、さて、今日こそは再び森の探索をがんばろう、そう意気込んで礼拝堂へと移動した時だ。

ドォンッ
突然《とつぜん》、大きな音が響《ひび》いた。

「!?」

ドッ　ドドォオオン
轟音《ごうおん》が続き、振動《しんどう》が塔全体を揺《ゆ》らしている。

バラバラと細かい砂や石の破片《はへん》が、塔の上から降ってくる。

ほんの数秒で、揺れは収まった。

音もしない。

……今のは、地震《じしん》？

（いや……）

何か違《ちが》う。

直感がそう告げている。

妙な胸騒《むなさわ》ぎを覚えた僕《ぼく》は、塔の最上階にある見張り台を目指して、螺旋《らせん》階段を全力で駆け上《のぼ》った。

◇◇◇◇◇◇◇

「崖崩《がけくず》れだ」

見張り台から見つけたのは、僕を閉じ込めている巨大な崖《がけ》の一部が崩落《ほうらく》している姿だった。

崩《くず》れたばかりなのか、森の向こう側に土煙《つちけむり》が舞《ま》っている。

長雨の影響《えいきょう》？

（いや、理由なんてどうでもいい！）

僕は、そこを凝視《ぎょうし》する。

垂直だった壁が、そこだけ斜《なな》めに抉《えぐ》れているように見える。

「あそこからなら、崖の上に登れるんじゃないの⁉」

そう思った。

もちろん、実際に確認してみなければわからない。

でも、希望を抱《いだ》くには充分な出来事だった。

（よし、行こう！）

青い瞳を輝かせ、僕は、一目散に階段を下りると、あの崩落現場を目指して塔を出発した。

◇◇◇◇◇◇◇

新しい杖《つえ》を使いながら、1時間ほどかけて、ぬかるんだ地面の森を抜けた。

「…………」

崩落現場についた僕は、そこに広がっていた惨状《さんじょう》に言葉を失う。

巨大な壁面《へきめん》が崩落し、流れ出した大量の土砂《どしゃ》が、近くの森の木々たちをなぎ倒していた。

土から逆さまに生える木の根。

それは、まるで助けを求める誰《だれ》かの手のように見える。

崖の近くには、5メートル、あるいは10メートル以上の大きさの落石も転がっていた。

慎重《しんちょう》に、土砂の中を進む。

（……登れる、かな？）

見上げる崩落部分は、高さ50メートルほどまではなだらかな斜面《しゃめん》になっている。けれど、その先の50メートルは、また切り立った垂直の崖になっていた。

もっと近くで見ないと、その崖を登れるかはわからない。

僕は、足を踏み出そうとして、

「……？」

妙な臭《にお》いに気づいた。

何だか生臭《なまぐさ》い臭いが、周囲に漂《ただよ》っている。

発生元は、恐らく、あの大きな岩の裏側だ。

（なんだろう？）

僕は何の気なしに、その大岩の裏側に回ってみた。

ビチャッ
靴《くつ》の裏が、紫色《むらさきいろ》の液体を踏む。

「………」

僕の足が止まった。

足元に広がる土砂一面に、紫色の粘液《ねんえき》のような液体が撒《ま》き散《ち》らされていた。

その中心。

その紫の粘液の中に、巨大な怪物の死体が横たわっていた。

体長は、9〜12メートル。

赤い皮膚をした、四足歩行の鰐《わに》みたいな怪物だった。

太い首にはたてがみがある。

その下顎《したあご》からは、2メートル以上ある曲がった牙が2本、特徴的《とくちょうてき》に生えていた。片方の先端《せんたん》は、なぜか赤く染まっている。

臭いの元凶《げんきょう》は、これだった。

（……何だよ、この怪物は？）

震えながら、僕は近づいた。

赤い皮膚に触れる。

とても硬《かた》くて、まだ、ほんのり温かい。少し前まで、この怪物は生きていた証拠《しょうこ》だ。

（……もしかして、崖崩れに巻き込まれて、死んじゃったのかな？）

最初は、そう思った。

でも違った。

赤い皮膚には、たくさんの切り傷が開いていて、そこから紫色の血液が流れている。頭部には、致命傷《ちめいしょう》らしい大きな傷もあった。

つまり『何か』が、この怪物と戦って殺したんだ。

「…………」

その事実に、背筋が凍《こご》える。

コン　コン
この怪物の皮膚は、とても硬質《こうしつ》だ。叩《たた》くと、まるで岩みたいな感触《かんしょく》と音だった。

（……こんな皮膚を切り裂けるなんて）

いったい、相手は、どんな恐ろしい化け物だったんだろう？

そう思って、ようやく気づいた。

もしかしたら、この怪物を殺した『何か』は、まだ近くにいるかもしれないんだ。

慌てて、周囲を見回す。

広がる土砂に、地面に突き刺さった大きな落石たち。

遠くには森の景色。

特にそれらしい存在は見つからなかったけれど、臆病な僕の心は落ち着かなかった。

「い、一度、塔に戻《もど》ろう」

僕は死体に背を向けて、急ぎ足に歩きだそうとする。

その時だ。

僕の視界の中、少し離れた土砂の地面の中から、白い何かが生えているのが見えた。

それは5本の指を携《たずさ》えていて、

「え……人の手!?」

愕然《がくぜん》とした僕は、慌てて駆《か》け寄《よ》った。

それは間違いなく、人間の白い手だった。

急いで、土砂を掘《ほ》り返《かえ》す。

ガッ　ガッ
白い手は、白い腕に繋《つな》がり、やがて、人の上半身が現れた。

（……女の人だ）

泥に汚れているけれど、端正《たんせい》な顔立ちをした女の人だった。

意識を失っているのか、まぶたを閉じていて、その美貌《びぼう》の上に深緑色の長い髪《かみ》が、柔《やわ》らかくかかっている。

「だ、大丈夫ですか？　しっかり！」

声をかけながら、脇《わき》の下に両手を通して、土砂の中から必死に引きずり出した。

ズルッ　ズズズ……ッ
ようやく全身を出せた。

(よかった)

安堵《あんど》したのは、束《つか》の間《ま》だった。

その女の人は、白い鎧《よろい》を身に着けていて、その全身に傷を負っていた。

擦《す》り傷《きず》、打撲《だぼく》は言うに及《およ》ばず。

特に足は両方とも、膝《ひざ》とは違う箇所《かしょ》で折れ曲がり、有り得ない方向を向いてしまっている。

何よりまずいのは、右の脇腹《わきばら》だ。

その部分の金属鎧には、大きな穴が空いていて、その奥の傷口から流れる血が止まらない。

(……ど、どうしよう?)

ここは異世界の森だ。

救急車も呼べなければ、医療品《いりょうひん》もなく、僕には医学的知識も技術もない。

ハァッ　ハァッ
苦しそうな美貌。

僕は泣きそうな思いで、ただ、その人の手を握り締めることしかできなかった。

第六章 眠りし美女

「——そうだ！」
強い無力感に苛《さいな》まれていたその時、僕の頭の中で、天啓《てんけい》のように閃《ひらめ》きが走った。
慌てて、自分の胸元を探《さぐ》る。
そこにあったのは、淡い光を放つ、小さな蒼い宝石だった。
(これなら、もしかして……っ)
一縷《いちる》の希望を託《たく》して、僕は、そのペンダントを外した。
震える手で必死に、意識のない彼女《かのじょ》の首へと回してやる。
「……よし」
ギュッ
あとは、彼女の手を握って待つだけだった。
…………。
…………。
女の人の苦し気な呼吸が少しずつ、浅くなっていく。
脇腹の傷から流れる血は止まらずに、その顔色は、ますます白くなっていった。

やがて、彼女は大きく息を吐《は》き——そのまま呼吸が止まった。

（つっ）

頼《たの》む、頼むよ……。

祈《いの》る思いで見つめる僕。

不安に満たされた10秒ほどの空白、そして次の瞬間《しゅんかん》、
ヴォン
ペンダントの蒼い宝石が強い光を放った。

「！」

宝石の中に浮かんでいた奇妙《きみょう》な文字が、空中に大きく浮かび上がる。

（あ……）

それは、僕が覚えた33文字の1種だと気づいた。

その光る文字は、まるで触手《しょくしゅ》のような数本の光を、死んでしまった女の人の肉体へと伸ばして、優《やさ》しく触れていく。

光の触れた箇所の、小さな傷が塞《ふさ》がった。

光の触手が絡《から》んだ足は、折れた骨が矯正《きょうせい》されていく。

脇腹にあった大きな傷は、欠損した部位に光の触手が収まると、そのまま肉体を補っていった。

（……凄《すご》い）

これが、魔法……。

初めて目にした輝きと奇跡《きせき》は、あまりに優しくて、美しくて、目が離せなかった。

心が震《ふる》える。

やがて、空中に浮かんでいた文字が、力を使い果たしたように消えていく。

女の人の肉体に、もう傷は１つもなかった。

大きく、胸が動いた。

「……呼吸してる」

その事実に気がついた時、僕の全身から力が抜《ぬ》けた。

よかった。

本当によかった。

その気持ちだけが、胸の中いっぱいに溢れてくる。

ふと見れば、彼女の首にかけていた宝石は、まるでその命を彼女に与《あた》えてしまったように、灰色に変色してしまっていた。

（……ありがとう、宝石さん）

心の底から思った。

きっと僕の命も、同じように助けてくれたんだね。

握っている彼女の手のひらも熱い……血流が戻っているんだ。

「でも、起きないね？」

呼吸も安定しているけれど、まだ意識は戻ってこなかった。

考えたら僕が生き返った時も、一晩明けて、朝になっていたから、少し時間がかかるのかもしれない。

（…………）

でも、このまま、ここに残していくわけにもいかない。

この崖崩れの現場には、まだ、あの赤い怪物《かいぶつ》を殺した恐《おそ》ろしい化け物がいるかもしれないんだ。

「うん」

僕は、眠ったままの彼女を背負った。

う……重い。

女の人にこう思ってはいけないだろうけど、子供の僕が、自分より大きな成人女性を背負うのだ。

少しぐらいは許してください。

そのまま、一緒《いっしょ》に塔まで行こうと歩きだす。

身長差で、どうしても足を引《ひ》き摺《ず》ってしまう。

ズルズル　ズルズル
「ご、ごめんね。少しの間だけだから」

意識のない彼女にそう謝《あやま》りながら、僕は、遠い塔を目指して、森の中を一生懸命《いっしょうけんめい》に歩いていった。

◇◇◇◇◇◇◇

「ふ～」

塔の礼拝堂にある『葉っぱ布団《ぶとん》』に彼女を眠らせて、僕は息を吐いた。

苦労した。

塔に戻るまで、3時間ぐらいかかった。

最後、塔の2階部分まで瓦礫《がれき》を登っている時に、足を滑《すべ》らせて、危《あや》うく彼女を落としそうになったのは、内緒《ないしょ》の話である。

光る水を飲んで、ホッと一息。

(よく眠ってるね)

僕の苦労も知らず、眠り姫《ひめ》はいまだ夢の中だ。

…………。

でも、本当に綺麗《きれい》な人だな……と思った。

年齢《ねんれい》は、20歳《さい》ぐらいだろうか？

端正な白い美貌は、まるで神様が創《つく》った精巧《せいこう》な人形のように美しかった。

森のような深緑色の真《ま》っ直《す》ぐな髪は、とても細く艶《あで》やかで、太ももまで届くほどの長さがある。

（……まつげ、長いな）

そんな彼女は、白い鎧を身につけていた。

薄《うす》い装甲《そうこう》を何枚も重ねて、可動域を多くしている。頑丈《がんじょう》さより、動き易《やす》さを追求した鎧みたいだ。

腰《こし》の左右には、２つのポーチ。

（……いったい、この女の人は、何者なんだろう？）

その寝顔《ねがお》を見ながら、想像する。

ここは異世界だ。

もしかしたら、この人は、人間ではないのかもしれない。

だって、こんなに綺麗だし、

「もしかして……まさか、あの森の種族さん？」

ちょっと期待してしまった僕は、眠り姫の耳を隠《かく》している長い髪を、指でソ～ッとどかしてみた。

…………。

現れたのは、普通《ふつう》の人の耳でした。

残念。
エルフじゃなかった。
小さく苦笑《くしょう》した僕は、その美しい髪から指を離《はな》した。
柔らかく髪が戻る。
ほぼ同時に、彼女のまぶたが開いた。
「…………」
それが、ぼんやりと礼拝堂の天井《てんじょう》を見上げている。
紅《あか》い宝石のような美しい瞳《ひとみ》。
（……え？）
（あ）
「よかった、目が覚めたんだね」
思わず、笑って声をかける。
それに反応して、真紅《しんく》の瞳だけがこちら側に動いた。
ガコッ
次の瞬間、僕のあごに衝撃が走って、気がついたら仰向《あおむ》けに床に倒れていた。
あれ？
（……今、もしかして殴《なぐ》られた？）
そう悟《さと》った時には、僕の右手が捩じられて、身体をうつ伏《ぶ》せにさせられる。

その背中に、彼女の膝が乗った。

「動くな」

美しい声が命令する。

僕の背中に体重をかけ、一瞬《いっしゅん》で拘束《こうそく》してしまったその人は、強い警戒心《けいかいしん》を滲《にじ》ませた声で言う。

「動けば、折ります」

ギシッ
右腕《みぎうで》が、更《さら》に捩じられる。

（い、痛い痛い！　肩《かた》が外れちゃう！）

彼女の瞳は、油断なく周囲を見た。

「ここは、どこですか？　私はいったい……？」

パンパン
僕は、必死に左手で床をタップする。

痛い痛い、やめて、助けて、降参です、もう許して……残念ながら、意味は通じませんでした。

涙目の僕は、つい苦鳴を漏《も》らす。

「う……ぅぅぅ」

「？」

それに反応して、真紅の瞳が僕を見た。

「え……子供⁉」

拘束している力が緩《ゆる》んだ。

（！　今だ！）

バッ
驚《おどろ》いている彼女を全力で突《つ》き飛《と》ばして、僕は、女神像の背中へと一目散に走って隠れる。

そこから顔だけ出して、その人を睨《にら》んだ。

（な、なんて乱暴な人だ！）

綺麗な見た目だから、騙《だま》された。

美しい薔薇《ばら》には、やっぱり棘《とげ》があるんだ。

「………………」

涙目で見つめる僕を、彼女は尻《しり》もちをついたまま、呆然《ぼうぜん》と見つめていた。

やがて立ち上がり、

「……あの」

ビクッ
震える僕に気づいて、彼女は踏《ふ》み出しかけた足を止める。

困った顔で、彼女は周りを見た。

他に誰もいない。

迷った末に、真紅の瞳は、もう一度、僕へと向けられた。

「その……突然、手荒《てあら》な真似《まね》をして、すみません。もうしませんので、少し話をさせてもらえませんか？」

先ほどよりも、柔らかな声。

（…………）

まだ肩は痛い。

疑いの眼差《まなざ》しを向ける僕に、彼女は悩《なや》ましそうに語りかける。

「その、ここにご両親はいませんか？」

「…………」

「いえ、大人の方ならば、誰でも良いのです。……できれば、呼んできて欲《ほ》しいのですが」

…………。

（う～ん？）

乱暴な人かと思ったけれど、意外と理性的な対話を求めているみたいだ。

少し、僕の中の警戒《けいかい》レベルが下がる。

（……でも、親や大人って言われてもなぁ）

ブンブン
僕は、左右に首を振《ふ》った。

「いない」

「え？」

「そんな人、ここには誰もいないよ」

「…………」

僕の答えに、その美しい顔が唖然となった。

「まさか……。では、ここには、貴方《あなた》1人だけなのですか?」

「うん」

「いつから?」

「気づいた時から」

「ここがどこだか、教えてもらえますか?」

「僕の家」

「家ということは、ずっとここで暮らしている?」

「うん」

正確には、5日前からだけど。

それを聞くと、彼女は、黙《だま》り込んでしまった。

(…………)

その表情は、痛ましげに見える。

もしかして、僕の境遇《きょうぐう》を心配してくれている……?

(ん～)

ひょっとしたらこのお姉さん、そんなに悪い人じゃないかもしれない。

見つめる僕の前で、彼女は、しばらく考え込む。

それから大きく息を吐いて、

「もう1つだけ、教えてください」

(ん?)

次の瞬間、彼女の美貌は、初めて、小さく微笑《ほほえ》んだ。

「貴方の名前は、なんと?」

「…………」

それは固い花の蕾《つぼみ》が綻《ほころ》ぶような、とても美しい笑みだった。

僕の中にあった警戒感を、一瞬で溶《と》かすような優しさと労わりがあって、思わず、見惚《みと》れてしまう。

「……?」

口を開けて呆《ほう》ける僕に、彼女は首をかしげた。

綺麗な髪が、サラッと肩から流れる。

(あ)

我に返った僕は、慌《あわ》てて答えようとして、でも、まだ自分に名前がないことを思い出した。

え、えっと……どうしよう?

無言のままの僕に、やがて彼女は、何かに気づいた顔をする。

「ああ、失礼をしました」

（え？）

「名前を名乗る時は、まず自分からでしたね」

そう笑うと、子供の僕を見つめながら、自分の大きな胸元《むなもと》を手で押《お》さえて言う。

「私の名前は、イルティミナ・ウォン」

「…………」

「王都にある『冒険者《ぼうけんしゃ》ギルド・月光《げっこう》の風《かぜ》』に所属する冒険者、その『魔狩人《まりゅうど》』の１人です」

凛《りん》とした声と表情だった。

まるで日本刀のような、強さと美しさを兼《か》ね備《そな》えたイメージ。

そして、

（……冒険者……この人が）

初めて目にした異世界の冒険者に、僕の目は釘付《くぎづ》けだった。

他にも聞《き》き逃《のが》せなかったのが、『王都』や『冒険者ギルド』という言葉だ。それはつまり、この森の外には、ちゃんと人々の生活圏《せいかつけん》があり、国や組織などが存在しているという意味だから。

（よかった、原始時代みたいな世界じゃなくて）

心の中で安堵する。

ただ『魔狩人』という単語の意味だけはわからなかったけれど、今はいいかと思った。

気づけば、真紅の瞳は、真《ま》っ直《す》ぐに僕を見ている。

(う……)

そ、そうだ、名前だ。

目の前にいる女の人は、イルティミナさんという、とても格好《かっこ》いい名前だった。

できれば僕も、それに負けない、いい名前にしたい。

(ど、どうしようかな……え〜と、え〜と?)

彼女からは、期待の眼差し。

焦《あせ》る僕の頭の中では、色んな候補がグルグルと回っている。

あぁ、何だか目が回るぅ。

「まぁるぅ?」

ふと目の前の女の人の口から、小さな呟《つぶや》きが漏れた。

(え?)

まぁるぅって……回るぅ? あれ、もしかして口に出してた?

気づいた僕の前で、彼女は嬉《うれ》しそうに頷《うなず》いた。

「マァルゥ……マール」

「…………」

「そう、貴方の名前は、マールなのですね?」

違う。

否定したかった。

でも、嬉しそうな笑顔《えがお》をこぼして僕を見つめる彼女に、それを伝えるだけの胆力《たんりょく》がありませんでした。

「う、うん。僕は、マールっていうんだ」

そう笑った。

心の中では泣いた。

転生した僕の名前は、こうして女の子みたいな名前になってしまった。

第七章 イルティミナ・ウォン

色々と諦《あきら》めた僕は、隠れていた女神像《めがみぞう》の後ろから出る。

イルティミナと名乗ったその女の人は、そんな僕へと近づくと、ゆっくりと床に片膝《かたひざ》をついた。

子供の僕を威圧《いあつ》しないように、目線を下げてくれたんだ。

(うん……やっぱり、いい人かも)

マール査定の評価を上げる、お姉さん。

その桜色の唇《くちびる》が開いて、

「マール、また教えて欲しいのですが……」

「?」

首をかしげる僕の前で、その真紅の瞳は、ゆっくりと礼拝堂の中を見回した。

「ここに、なぜ私がいるのか、貴方は知っていますか?」

あ、そうか。

イルティミナさんにしてみれば、森で倒《たお》れたはずが、目が覚めたら突然、この見知らぬ場所にいたんだ。

（それは、びっくりしたよね）

そう納得《なっとく》しながら、僕は、素直《すなお》に頷いた。

「うん、知ってる。僕が、ここまでイルティィミナさんを運んできたんだ」

「……貴方が？　私を？」

彼女は、目を丸くする。

どう説明したものか、僕は悩んだ。

（あ、そうだ）

「こっち来て」

「？」

不思議そうなイルティィミナさんを手招きしながら、僕は螺旋階段へと駆けていった。

◇◇◇◇◇◇

「これは……っ」

見張り台の眼下に広がる、広大な森の世界を見つけて、イルティィミナさんは驚きの声を漏らした。

（あは、いい顔するなぁ）

なぜか、ちょっと嬉しい。

僕は、そんな彼女の腕《うで》を引っ張って、ちょうど反対側にあった巨大《きょだい》な崖の方を、小さな指で示した。

「あそこ、崩れているのがわかる？　僕は、あそこでイルティミナさんを見つけたんだ」

「あれは……トグルの断崖《だんがい》」

（……トグルの断崖？）

そういう名前の崖だったのかな。

吹《ふ》き抜ける風が、彼女の美しい髪を長くたなびかせる。

それを手で押さえながら、彼女は、しばらく自分の発見場所となった崖の部分を見つめていた。

「そうですか……私は、森の深層部に落ちてしまったのですね」

独り言のような、小さな呟き。

それから、彼女は僕を見た。

さっきまでと違って、少し怖《こわ》い表情だった。

「マール」

「ん？」

「もしや、そこには赤い竜《りゅう》がいませんでしたか？」

（赤い竜というと、あれかな？）

僕《ぼく》は頷いた。

「いた。死んでた」

「…………。そうですか」

僕の答えに、彼女は、とても安心したように息を吐いた。

（え……まさか？）

その反応に、僕はふと思ってしまった。

恐る恐る、訊《たず》ねてみる。

「あの……もしかして、あの竜をやっつけたのは、イルティミナさんなの？」

「はい」

当たり前のように頷くお姉さん。

（えええええ、本当に⁉）

衝撃《しょうげき》の事実に、まじまじと、その美貌を見つめてしまう。

この綺麗なお姉さんは、その美しい見た目に反して、思った以上の武人さんだったようだ。

正直、信じられない。

いや、嘘《うそ》を言っているようには見えないんだけれど、見た目とのギャップが大きすぎて、すぐには受け入れられなかったんだ。

僕の視線に、イルティミナさんは、少し困ったように笑っていた。

やがて表情を改めて、

「私を見つけた時、そばに白い槍《やり》は落ちていませんでしたか？」

こんなことを訊ねられた。

（白い槍？）

「私の槍です。先端の方に、鳥の翼《つばさ》のような大きな飾《かざ》りが付いているのですが、見ませんでしたか？」

キョトンとする僕に、手ぶりも交えて説明する。

（…………）

僕は、首を横に振った。

「ごめんなさい、覚えてない」

「…………」

「僕が見つけた時、イルティミナさんは大怪我《おおけが》をしていたんだ。それで……他のことなんて、気にする余裕《よゆう》はなかったから」

「大怪我……」

彼女の白い手が、自分の脇腹に触《ふ》れた。

その部分の鎧には、大きな穴が空いていて、その下にある白い素肌《すはだ》が見えてしまっている。

イルティミナさんは、その傷口を見つめ、それから僕を見る。

「貴方が治してくれたのですか？」

「………」

「赤牙竜《せきがりゆう》に不覚を取り、その牙でここを貫《つらぬ》かれたことは覚えています。もしや、マールは、回復魔法《まほう》が使えるのでは？」

「ううん、違《ちが》うよ」

変な誤解をされないよう、はっきりと否定する。

「助けたのは、それ」

僕の小さな指は、イルティミナさん自身を示す。

正確には、その大きな胸の谷間にある『灰色の石』のペンダントだ。

「これは……？」

その存在に気づいていなかったらしい彼女は、白い手にそれを取る。

数秒、それを見つめ、

「え……？　まさか、これは『命の輝石《きせき》』!?」

驚愕《きようがく》の表情で叫《さけ》んだ。

信じられないものを見つめる顔で、色々な角度から眺《なが》めて、やがて大きく息を吐いた。

「……間違《まちが》いありません、本物です」

凄い反応だった。

（もしかして、貴重なアイテムだったのかな？）

よくわからない僕は、首をかしげてしまう。

でも、それを伝えた以上、僕は、やっぱり自分の罪も告白しなければいけなかった。

「ごめんなさい、イルティィミナさん」

「……え？」

謝る僕を、彼女は驚いたように見る。

僕は言った。

「あの時、僕は何もできなくて。……そのペンダントに任せて、大怪我したイルティィミナさんが死ぬのを、そのまま待っていたんだ」

「…………」

イルティィミナさんは生き返った。

でも言《い》い換《か》えれば、それは彼女を一度、見殺しにしたということだ。

（…………）

怒《おこ》られるだろうか？

呆《あき》れられるだろうか？

軽蔑《けいべつ》されるだろうか？

心の中では、不安がいっぱいだった。

うつむいた顔が上げられない。

でも、僕は甘《あま》んじて、その怒《いか》りを受けなければならないと思った。

沈黙《ちんもく》が落ちる。

穏《おだ》やかな陽光の差し込む見張り台なのに、僕には、とても暗いように感じられた。

「頭を上げてください、マール」

美しい声がした。

緊張《きんちょう》しながら顔を上げると、そこには優しく微笑むイルティィミナさんの姿があった。

「それでは、マールは、死んでしまった私を、こうして生き返らせてくれたのですね」

「いや、それは――」

僕じゃなくて、そのペンダントが。

ギュッ
そう続けようとした僕の身体が、突然《とつぜん》、イルティィミナさんに抱《だ》きしめられた。

（……え？）

「ありがとう、マール」

白い手が、優しく髪を撫《な》でてくれる。

「こんな見知らぬ女のために、貴方は『命の輝石』を使ってくれた。私を助けてくれた」

「…………」

少しだけ身体が離れる。

僕の両肩《りょうかた》に白い手を置いて、その真紅の瞳は、真っ直ぐに僕の青い瞳を見つめた。

「このイルティィミナ・ウォンは、その恩を決して忘れません」

ギュッ

また抱きしめられた。

（…………）

触れ合う身体が温かかった。

その優しい声に、心が震えた。

突然、異世界の森に転生してから、ずっと1人ぼっちだった心に、その人肌《ひとはだ》の温《ぬく》もりはとても懐《なつ》かしかった。

（……っ）

その胸の中で、僕は少しだけ泣いてしまった。

第八章　森を歩いて

見張り台から礼拝堂へと戻《もど》る途中《とちゆう》の螺旋《らせん》階段で、イルティミナさんが僕を呼び止めた。

「マール、少しよろしいですか？」

「？」

振り返った僕に、彼女は言う。

「私は、これから『トグルの断崖』に戻ろうと思います」

（え？）

「あそこには、まだ私の槍があるはずなのです。そして、旅の荷物が入ったリュックも。それを回収しておきたいのです」

あぁ、なるほど。

この森の世界は、とても危険そうだ。

武器や道具を手にしておくのは、とても大事なことだと思った。

「うん、わかった」

僕は頷いた。

イルティミナさんは、胸元を手で押さえながら、僕を見つめる。

「少しの間、ここを離れますが、心配しないでください。荷物を回収したら、必ずここに戻ってきます」

「…………」

「ですから、どうか、安心して待っていてくださいね」

う～ん。

どうやら1人残される僕のことを、気遣《きづか》ってくれているみたいだ。

（意外と、過保護なお姉さん、なんだね？）

心の中で苦笑してしまう。

「あのね、イルティミナさん」

「はい」

「そこまで、僕も一緒に行くつもりなんだけど」

「え？」

彼女《かのじょ》は、呆気《あっけ》に取られた。

1人で塔《とう》にいても、何もやることがない。

それにイルティミナさんには、まだまだ聞きたいことがたくさんあった。できれば、そこまでの道中で話ができればと思ったんだ。

戸惑《とまど》う彼女を、僕の青い瞳は、ジーッと見つめた。

「駄目《だめ》？」

コクン
斜《なな》めに首をかしげる。

「――――」

イルティミナさんは息を呑《の》んだ。

「だ、駄目ではありませんが」

「よかった」

安心して、僕は笑った。

それを見た途端《とたん》、イルティミナさんは、慌てたように視線を外した。

豊かな胸元を押さえながら、なんだか、自分自身に戸惑ったような顔をしている。

(?？?)

はて、どうしたんだろう？

そんな変なお姉さんを、僕はキョトンと見つめてしまった。

◇◇◇◇◇◇◇

塔を出た僕ら２人は、『トグルの断崖』を目指して森を歩く。

実は、森を歩くというのは、結構、大変だ。

起伏《きふく》はあるし、木の根は張り出しているし、柔《やわ》らかな土や小石を踏めば、滑って転んでしまうこともある。

だというのに、
タッ　タッ　タッ
イルティミナさんは、長い髪《かみ》をなびかせながら、まるで平坦《へいたん》な道を歩くように、森の中を一定のペースのまま進んでいた。

（……凄《すご》いね）

女の人にしては背が高くて、足が長いのもあるかもしれない。

でも、一番の理由は、『慣れているから』だと思った。

彼女は、自分のことを『冒険者』だと名乗っていた。きっと、こういう森の中を歩く機会も、たくさんあったんだろう。

颯爽《さっそう》と歩く姿は、とても格好よかった。

一方の僕は、

「……はぁ……はぁ」

杖《つえ》も使っているというのに、前を歩く彼女に置いていかれそうになっていた。

息が切れる。

考えたら、僕がこの森を歩くのは、今日、３度目だ。

しかも2度目は、イルティミナさんを背負ってだった。

子供の体力では、限界だったのかもしれない。

(でも、自分から『ついていく』って言い出したんだし、がんばらないと……)

足手まといになるわけにはいかない。

そう思いながら、木々の中に消えそうなイルティミナさんの背中を、必死に追いかける。

「はぁ、はぁ、はぁ」

息が苦しい。

酸欠になっているのか、視界が狭《せま》くなってきた。

ちゃんと歩けているのかも、わからない。

その時、前方を歩いていたイルティミナさんが、急に立ち止まった。

「…………」

真紅の瞳は、遅《おく》れている僕をジッと見つめている。

(あ……)

その視線で我に返った。

「ご、ごめんなさい」

謝《あやま》った。

足手まといになりたくなかったのに、結局、その足を止めさせてしまった。

慌てて、震《ふる》える足を急がせようとすると、

「すみません、マール。私は、少し疲《つか》れてしまいました」

と、彼女が言った。

（……え？）

思わず、その顔を見上げると、彼女は優《やさ》しく笑っている。

「わがままを言って申し訳ありませんが、どうか、ここで休憩《きゅうけい》をさせてくださいますか？」

（…………）

その言葉の意味に気がついて、僕はもう、何も言えなくなってしまった。

◇◇◇◇◇◇

森を抜《ぬ》けてきた風が、僕の髪を揺《ゆ》らしていく。

（あぁ……気持ちいい）

日陰《ひかげ》となった木の下で、手頃《てごろ》な石に座《すわ》っている僕は、その涼《すず》しさに目を細めた。

少し離れた場所には、優しい『嘘つき』さんが立っている。

彼女の視線は、ずっと森の方を向いていた。きっと危険がないか、周りを見張ってくれているんだ。

（………）

長い髪を風になびかせ、森に立つ美女。

何か絵になる光景だ。

ついつい視線が吸い寄せられていると、それに気づいた彼女が、こちらを見た。

僕に、小さく微笑む。

その笑《え》みに、ちょっとドキッとする。

（えっと……話を聞くには、ちょうどいいタイミングかな？）

そう思いながら、僕は口を開いた。

「あの、イルティミナさん。少し聞きたいことがあるんだけど、いい？」

「聞きたいこと、ですか？」

不思議そうなイルティミナさん。

僕は頷いた。

「うん。その……イルティミナさんは、どうしてこの森に来たのかなって」

「……あぁ」

彼女は、納得したように声を漏らした。

「そういえば、まだ話していませんでしたね」

「うん」

「そうですね。ですが、その説明をする前に、まずマールは『魔狩人《まりゅうど》』という言葉を知っていますか？」

「ううん、知らない」

僕は正直に、首を横に振った。

イルティミナさんは頷き、僕を見つめながら教えてくれる。

「『魔狩人』とは、その名の通り『魔物《まもの》を狩《か》る人』のこと。冒険者の中でも、特に『魔物の討《とう》伐《ばつ》』を専門にしている者たちを指しています」

（……へぇ？）

「それじゃあ、イルティミナさんも？」

「はい。私も魔狩人です」

その美しい女の人は、凛とした表情で頷いた。

「そして、なぜ私がここに来たのか」

「…………」

「それは、この『アルドリア大森林』に出現した『赤牙竜《せきがりゅう》ガド』の討伐依頼《とうばついらい》を受けたからになります」

（えっと……）

僕は、地面を指差した。

「アルドリア大森林って、ここのこと？」

「正確には、『トグルの断崖』の上の森を示していますね。ここは『アルドリア大森林・深層部』

と呼ばれています」

（ふぅん……こっちは、深層部なんだ？）

「深層部は、未開の地です。より森が広大で迷い易《やす》く、かつ強力な魔物が生息すると言われています。冒険者が訪《おとず》れることもあるのですが、生還《せいかん》率は1割を切っているそうです」

「………」

ぼ、僕は、そんな恐《おそ》ろしい場所に転生してたんだ……？

思わず、背筋が震えてしまった。

と、イルティミナさんの真紅《しんく》の瞳《ひとみ》が、巨大な崖《がけ》の上の方を見つめた。

「しかし、上の森は違います。生息する魔物も、それほど強くはなく、近隣《きんりん》の街や村から猟師《りょうし》や木こりが訪れる、人々の生活を支える大事な資源の森となっているのです」

ふぅん？

「でも、そこに、あの赤い竜が現れた？」

「はい」

視線が、僕へと戻る。

「この地方の領主であるアダム・リードは、王都にある私たちの『冒険者ギルド・月光の風』に赤牙竜ガドの討伐依頼を出しました。そこで、依頼《いらい》を受注した私たちが、この森を訪れたのですが……」

ん……？

「ちょっと待って。今、私『たち』って言った？」

「はい」

イルティイミナさんは頷いた。

「私たちは、３人パーティーでした。リーダーであるキルト・アマンデス。私の妹であるソルティス・ウォン。その２人と共に、私は、この森を訪れました」

「…………」

「赤牙竜ガドを求めて、私たち３人は、森の中を歩きました。しかし、逆にガドの奇襲《きしゅう》を受けて、その時に、私だけはぐれてしまったのです」

少しだけ辛《つら》そうな声だった。

「長雨のせいで、方角を見失い、発光信号弾《はっこうしんごうだん》も撃《う》てず、私は森を彷徨《さまよ》いました」

「…………」

「しかし、そうしている内に、再び、赤牙竜ガドの襲撃《しゅうげき》に遭《あ》い、戦いとなりました。最後は致《ち》命傷《めいしょう》を与《あた》えましたが、こちらも相打ちとなり、更《さら》に、その時の衝撃で、雨で緩《ゆる》んでいた『トグルの断崖』の地盤《じばん》も崩《くず》れてしまって……」

（……そのイルティイミナさんを、僕が見つけたんだ？）

なんとも壮絶《そうぜつ》な話だった。

思わず、まじまじと、この美しい魔狩人さんを見つめてしまう。

彼女は、言う。

「マールに出会えて、私は幸運でした」

「………………」

「貴方に助けてもらえなければ、私は、きっと死んでしまっていたでしょうから」

そう言って、僕を見つめながら、優しく微笑んだ。

……ちょっと照《て》れ臭《くさ》い。

（でも、幸運だったのは、僕も同じだよ）

森からの脱出《だっしゅつ》方法がわからなくて絶望しかけていた時に、彼女のおかげで崖が崩れて、希望ができたんだ。

今だって、色んな知識を与えてもらい、そして何より、こうして孤独《こどく》からも救われている。

（ありがとう、イルティミナさん）

心の中でお礼を言う。

そんな僕を、彼女はしばらく不思議そうに見ていたけれど、やがて、ふと頭上を見上げた。

「そろそろ正午ですね」

見ているのは、輝《かがや》く太陽。

どうやら、その位置から時間がわかるみたいだ。

「そろそろ出発しましょう、マール」

「あ、うん」

僕は頷き、座っていた石から立ち上がる。

カクンッ
(⁉)

と思ったら、膝《ひざ》に力が入らなくて、前に転びそうになった。

ポフッ
イルティミナさんの手が、素早《すばや》く僕を受け止める。

「大丈夫《だいじょうぶ》ですか、マール？」

至近距離《きょり》にあった美貌《びぼう》が、気遣わしげに訊ねてくる。

僕は、少し慌てて答えた。

「う、うん。ごめんなさい」

「いいえ」

彼女はにこりと笑うと、身体を離《はな》そうとした僕をヒョイとお姫様抱《ひめさまだ》っこした。

(え……？)

「ち、ちょっと、イルティミナさん⁉」

「すみません。ですがマールの足は、もう限界のようです。それに、このままだと、だいぶ遅《おそ》くなってしまいますので」

いや、でも……！

恥《は》ずかしさに降りようとする僕を抱《かか》えたまま、イルティミナさんは森の中を走りだした。

…………。

（え？　走り……っ⁉）
その事実に驚愕する。
タッ　トンッ　タタンッ
周囲の景色が、素晴《すば》らしい速度で後方へと流れていく。
そして、気づいた。
彼女は最初から、僕のために、かなりペースを落としてくれていたのだということを。
……ずっと足手まといだった。
その事実を知れば、もはや抵抗《ていこう》する気も起きない。
（これが、冒険者……かぁ）
間近にある白い美貌を見つめて、僕は、ただただ、感嘆《かんたん》のため息をこぼすのみだった。

第九章 白き槍とトグルの悪魔

イルティミナさんに抱かれたまま、崩落《ほうらく》した『トグルの断崖』まで到着《とうちゃく》する。

相変わらずの酷《ひど》い惨状《さんじょう》だ。

ようやく地面に下ろされた僕は、「あっちだよ」と彼女を先導して、散乱した岩や倒木《とうぼく》の中を歩いていく。

やがて、嫌《いや》な臭《にお》いがしてきて、その先に、体長10メートルほどの赤い怪物《かいぶつ》の死体が現れた。

「ガド……」

イルティミナさんの口から、呟きが漏《も》れる。

今朝まで、死闘《しとう》を繰《く》り広《ひろ》げた相手だ。

紫《むらさき》の血の海に沈《しず》み、物言わぬ肉塊《にっかい》と化した赤牙竜を見つめる瞳には、色々な感情が流れているように思えた。

でも、彼女はその真紅の瞳を閉じて、すぐに気持ちを切《き》り替《か》えたように顔を上げる。

「まずは、私の槍を探しましょう」

「うん」

とはいえ、見える範囲《はんい》に、槍らしい物はない。

（もしかして、土砂《どしゃ》に埋《う》まっているのかな？）

もし、そうなら大変だ。

これだけの土砂を掘《ほ》り返して、見つけるまでに何時間……いや、何日かかるのかな？

ちょっと想像がつかない。

途方《とほう》に暮れる僕だったけれど、隣《となり》の美人冒険者《ぼうけんしゃ》さんは、違うようだ。

「マール、少し下がってもらえますか？」

「？　うん」

言われるままに、彼女の後ろまで戻る。

イルティミナさんは、一面の崩落現場を見回しながら、その右手を高く掲《かか》げた。

真紅の双眸《そうぼう》に、不可思議な光が輝いて、桜色の唇から、凛《りん》とした声が響《ひび》いた。

「――白き翼よ、我《わ》が手に戻れ！」

ドガァッ
突如《とつじょ》、赤牙竜の死体近くの土砂の中から、白い何かが飛び出した。

（な、なんだっ⁉）

空中に浮《う》かぶそれは、真っ白な槍だ。

装飾《そうしょく》の美しい刃《は》には、大きな翼の飾りが広がっていて、中央には紅《あか》い魔法石が光を放ち、輝いている。

その精巧《せいこう》な翼が羽《は》ばたくと、槍は霞《かす》むような恐ろしい速度で、こちらへと飛んでくる。

ぶつかるっ⁉

驚《おどろ》く僕の直前で、白い手が槍を掴《つか》んだ。

バヒュッ
凄《すさ》まじい風圧が、僕を襲《おそ》う。

そして、硬直《こうちょく》している僕の目の前で、槍の大きな翼はカシャンと折《お》り畳《たた》まれ、先端《せんたん》の美しい刃と紅い魔法石を包み込む。

あとに残されるのは、まるで白い杖みたいな槍だ。

イルティイミナさんの白い指は、慈《いつく》しむように翼飾《つばさかざ》りをなぞる。

「――おかえりなさい、私の『白翼《はくよく》の槍』」

それから、僕を振《ふ》り返って、

「見つかりました」

「う、うん。よかったね」

「はい」

白い槍を手にした彼女の立ち姿は、とても自然だった。

戦士として、その槍を長く使い込んできたんだろう、ということは、素人《しろうと》の僕でも感じられる。そして、嬉《うれ》しそうな笑顔《えがお》は、きっと大切にしてきたんだろうな、とも。

（……不思議な光沢《こうたく》のある金属だね？）

その美しさは、まるで実用品というより美術品みたいだ。

「これ、やっぱり凄い槍？」

「そうですね。４００年ほど前、古代タナトス魔法王朝の時代に創《つく》られた『魔法の槍』ですので」

「魔法の槍……それって、珍《めずら》しいの？」

「はい、とても」

イルティミナさんは、なぜか困ったように笑っていた。

それから彼女は、周囲を見回して、

「槍は見つかりました。では次は、私の荷物を探しましょう」

僕の背中を、ポンと軽く叩《たた》いた。

◇◇◇◇◇◇◇

「呼んだら、荷物も飛んでこない？」

「残念ながら」

彼女は苦笑《にがわら》いして、美しい髪を揺らしながら、首を横に振った。

「私のリュックは『魔道具《まどうぐ》』でもなく、『魔血の契約《けいやく》』も交《か》わしておりませんので」

（ふぅん？）

よくわからないけれど、無理ということはわかった。

となると、本当に地道に、土砂を掘って探していくしかないんだね。

でも、赤牙竜ガドの死体の近くに、槍も埋まっていたし、きっとこの近辺にあるのは、間違いないと思う。

うん、大丈夫《だいじょうぶ》！

「きっと、すぐに見つかるよ」

「はい」

僕の励《はげ》ましに、彼女は嬉しそうに笑う。

そうして僕らは、一緒《いっしょ》になって、黙々《もくもく》と土砂を掘り返し始めた。

…………。

…………。

…………。

「あった！」

1時間ほどして、僕は叫んでいた。

泥《どろ》に汚《よご》れた小さな指の先に、革製《かわせい》のリュックの一部が見えている。

イルティミナさんがすぐに駆《か》けつけて、「お手柄《てがら》ですね」と笑ってくれた。

場所を交代すると、彼女は力も強いのか、大きな岩なども簡単にどかして、すぐにリュックを引きずり出すことに成功した。

革《かわ》の生地《きじ》に金属の装甲《そうこう》が貼《は》りつけられた、頑丈《がんじょう》そうな大型リュックだ。

彼女は、すぐに中身を確認《かくにん》する。

ランタン、毛布、ロープ、乾燥《かんそう》した肉や木の実、金属製の食器具、皮袋《かわぶくろ》の水筒《すいとう》、片刃《かたは》の短剣《たんけん》、組み立て式の弓と短い矢、色とりどりの透明《とうめい》な石たち、数枚の着替《きが》え、10センチほどの細い金《きん》属筒《ぞくづつ》、繊維《せんい》の粗《あら》い紙と毛筆にインク瓶《びん》、軟膏《なんこう》の入った貝殻《かいがら》、包帯――などなど、色々な物が出てくる。

空になったリュックには、僕の身体が丸ごと入れてしまいそうだ。

(へ～?)

思わず、興味深く見つめてしまう。

その目の前で、イルティミナさんは、取り出した道具を1つ1つ、丁寧《ていねい》に確認していく。

やがて息を吐《は》いて、

「中に入っていた物は、皆《みな》、無事だったようですね」

安心したように笑った。

それから、また丁寧にリュックの中にしまっていく。

「………………」

その背中を見ていて、ふと思った。

（……イルティミナさんも、ずっと不安だったのかな？）

彼女は、仲間とはぐれて、１人きりだった。

巨大《きょだい》な竜《りゅう》に襲われ、死にかけて、恐ろしい深層部にも落ちてしまった。

僕《ぼく》の前では、平気な顔を見せてくれている。

でも、内心は違ったのかもしれない。

（僕も、しっかりしないと）

リュックを背負い、立ち上がる背中を見つめて、そう思った。

彼女は、その視線に気づいて、

「どうかしましたか、マール？」

「ううん」

僕は、左右に首を振った。

イルティミナさんは、不思議そうに首をかしげて、でも、やっぱり僕には、優しい笑顔だけを見せている。

◇◇◇◇◇◇◇

そのまま塔に帰るのかと思ったら、イルティミナさんは、もう一度、赤牙竜ガドの死体のある場所へと立ち寄りたいと言い出した。

「どうして？」

「魔狩人《まりゅうど》として、やらねばならない最後の仕事があるのです。すみません、マール」

（最後の仕事……？）

少し離れた場所に僕を残して、彼女は、赤牙竜の頭の方へと近づいていく。

下顎《したあご》から伸《の》びる長く曲がった牙だけで、彼女の身長と同じぐらいの大きさだ。

カシャン
帰って来たばかりの白い槍《やり》を構えると、先端の翼飾りが大きく開いて解放され、中から美しい刃と魔法石が現れる。

「シィッ！」

鋭《するど》い呼気と共に、剣閃《けんせん》が煌《きら》めく。

ガギィイイイン
白い槍と長い曲牙が激突《げきとつ》し、激しい火花が散った。

槍の刃は、太い牙の半ばまで食い込んで、イルティミナさんの足がその根元にかけられる。

白い槍が大きな弧《こ》を描《えが》いてしなり、それを支える両手が震えて、白い美貌が歯を食いしばる。

恐ろしいほどの力がかかっているのが、ここからでもわかった。

ギギギ……ギギギッギッ　バキインッ

突然、赤牙竜ガドの巨大な牙《きば》が、鈍《にぶ》い音と共に折れた。

落下した牙によって、土煙《つちけむり》が上がる。

勢い余って、たたらを踏《ふ》んだイルティミナさんは、

「ふぅぅ」

と、とても熱そうな息を吐いた。

それから、折られた牙は、ロープで手早く縛《しば》られて、リュックの上に固定される。当たり前のようにそれを背負って、彼女は、こちらに戻ってきた。

「お待たせしました、マール」

「えっと……その牙、持っていくの？」

「はい。私たち魔狩人は、『討伐の証《あかし》』を依頼人《いらいにん》に示さなければなりません。赤牙竜の場合は、この牙になります」

「……重くない？」

見上げるそれは、まるで短めの電柱みたいだ。

よく見れば、彼女の足は、くるぶし辺りまで土砂の中に沈んでいる。

なのに、彼女は小さく笑って、

「軽くはないですが、これぐらいの重さならば、大丈夫ですよ」

「そう……」

冒険者って、凄いんだなぁ。

驚き半分、呆《あき》れ半分で見上げていると、僕の腰《こし》に、槍を持つのと反対の手が添《そ》えられた——

え？

「なので、あとマール１人分も平気です」

ヒョイ
気づいたら、片手で抱っこされている。

「あ？　ち、ちょっと⁉」

「こら、暴れると危ないですよ？　バランスを崩したら、さすがに私も転倒《てんとう》しますから」

「ううう……なら降ろしてよ？」

涙目《なみだめ》の僕。

イルティミナさんは困ったように笑って、

「貴方《あなた》の足が消耗《しょうもう》しているのは、私を塔まで運んだからなのですよね？」

「…………」

「ならば、今度は私に任せてください。どうか、今だけでもお願いします。これ以上、マールの足に負担をかけて、もしも何かあったなら……私は、自分が許せなくなってしまいます」

ずるい。

（そういう言い方をされたら、大人しくするしかないじゃないか）

ちょっと悔《くや》しい。

だけど意地を張って、また足手まといになるのも嫌だった。

抵抗を諦《あきら》めると、彼女は嬉しそうに笑って、

「ありがとう、マール。貴方はいい子ですね」

「…………」

前世も含《ふく》めたら、僕の方がイルティィミナさんより年上だと思うんですけどね……。

◇◇◇◇◇◇◇

（あ、そうだ）

ふと思いついた僕は、すぐ目の前にある白い美貌へと声をかける。

「ね、イルティィミナさん？　少しだけ遠回りをしてもらっても大丈夫？」

「？」

不思議そうに首をかしげ、美しい髪を揺らすと、彼女は「はい」と頷《うなず》いてくれた。

その健脚《けんきゃく》は、３分ほどで僕らを目的の場所へと運んでくれた。

「これは……壁画《へきが》？」

イルティィミナさんの口から驚きの声が漏れる。

そう、僕らがやって来たのは、あの朱《あか》い絵の具で描かれた壁画のある崖だった。

人と怪物の戦いの絵。

僕は、冒険者のお姉さんに問いかける。

「これ、何の絵だかわかる？」

「そうですね。……私も考古学に詳《くわ》しいわけではありませんが、恐らく『神魔戦争』の絵ではないかと」

神魔戦争？

僕の反応に、彼女は気づいた。

「マールは、神魔戦争のことを誰《だれ》かに聞いたことはありませんか？」

「ううん、ないよ」

「…………。そうですか」

彼女は、少し考え込んだ。

（？）

やがて顔を上げて、壁画を見ながら教えてくれる。

「神魔戦争とは、大昔にあった『神様』と『悪魔《あくま》』の戦いのことです」

ふむふむ？

「古代タナトス魔法《まほう》王朝の時代、人類は、魔法文明の最盛期にありました。しかし、その優《すぐ》れた魔法技術が災《わざわ》いし、彼《かれ》らは、魔界《まかい》との境に、穴を開けてしまったのです」

「……穴？」

「魔界と通じる穴からは、大量の悪魔たちが、侵入《しんにゅう》してきました。そして人類は、悪魔に対抗《たいこう》するために、神界から神様を召還《しょうかん》して、悪魔たちを魔界へと追い返し、その穴を塞《ふさ》ぐことに成功した、と云《い》われています。ですが、古代タナトス魔法王朝は、その消耗によって崩壊《ほうかい》し、魔法文明も衰退《すいたい》しました。――そして、神と人が悪魔と戦った大戦のことを、神魔戦争というのですよ」

「へぇ」

この世界では、そんな歴史があったんだ。

イルティミナさんは、手にした槍の石突《いしづき》部分を、壁画に描かれた異形の怪物に向ける。

「恐らく、これは、その悪魔なのでしょう」

「ふぅん？」

「ちなみに、私の『白翼《はくよく》の槍』も、神魔戦争の時代に、悪魔に対抗するために創られた武具だと云われていますね」

「そうなの？」

まじまじと、間近にある白い槍を見てしまう。

（言われてみると、なんだか神々《こうごう》しいような……？）

そういえば、壁画にある小人たちも、爪楊枝《つまようじ》みたいな何かを持っている。それらは皆、こういう魔法の武具だったのかもしれない。

そして、たった1匹《ぴき》の悪魔が、そんな小人たちを一蹴《いっしゅう》しているわけだ。

（…………）

「今はもう、悪魔って、この世界にはいない？」

「いませんよ。――ただ、悪魔の血を引く人々は、少ないですが、暮らしておりますが」

「そうなんだ」

「マールは、その人々のことを、怖《こわ》いと思いますか？」

ん？

「そんなの、会ってみなきゃ、わからないよ」

何を当たり前のことを。

呆れる僕だったけれど、イルティミナさんは、驚いた顔をする。

そして、大きく頷いた。

「そうですね。その通りです」

「？？？」

なぜ、笑ってるの？

困惑《こんわく》する僕に、もう一度、笑いかけて、彼女《かのじょ》は「さぁ、帰りましょう」と回れ右をする。

おっとっと？

慌《あわ》てて、彼女の首に抱《だ》きついてしまう。

（や、柔らかくて、いい匂《にお》い……）

でも、揺れるので手が離せない。
気がついたら、もう遠くの空が赤くなり始めていた。
首だけを振り向《む》かせると、壁画も夕日に照らされ、血のように真っ赤に染まっている。
そこに描かれた異形の悪魔は、僕らを見つめて、なんだか笑っているようだった。
「…………」
イルティミナさんの首に回した僕の手に、少しだけ力が入っていた。

第十章　魔狩人《まりゅうど》と夜紫光

「――これは『癒《いや》しの霊水《れいすい》』ですね？」

光る水面に反射するイルティィミナさんの唇《くちびる》は、そう呟《つぶや》きを紡《つむ》いだ。

それは、僕らが無事に、塔《とう》へと帰ってきたあとのことだ。

外はもう夕暮れで、遅めの昼食、もしくは、早めの夕食を用意しなければと、僕は、唯一《ゆいいつ》のおもてなしのご馳走《ちそう》である『光る水』を、木製のお椀《わん》に入れて、彼女に差し出したのである。

その時に返ってきた第一声が、それだった。

「癒しの霊水？」

僕は、お椀を持ったまま、キョトンと彼女を見つめ返す。

彼女は、小さく笑って、頷いた。

「知りませんでしたか？　これは『回復魔法の力を宿した水』なんです。たまに古いダンジョン遺跡《いせき》や、人里離れた辺境の自然などで湧《わ》いていることがあるのですが、冒険者たちには、とても重宝される品なのですよ」

「へ～？」

「しかし、まさかアルドリア大森林の深層部にもあるとは、思いませんでした。――ありがとう、マール。いただきますね?」

「うん、召《め》し上《あ》がれ」

どうぞ、どうぞ、とお椀を渡《わた》す。

受け取ったイルティィミナさんは、真紅の瞳を伏《ふ》せて、その桜色の唇をお椀に触《ふ》れさせる。

コクコク
白い喉《のど》を鳴らして飲む姿は、どことなく上品だ。

やがて、「ふぅ」と色っぽく息を吐いてから、彼女は、僕へと笑いかけた。

「美味《おい》しいです」

(よかった)

僕も笑って、自分のお椀に口をつける。ゴクゴク……うん、やっぱり甘《あま》くて、最高だ!

ゴクゴク　ゴクゴク……

いつものように、僕は何回もおかわりする。

イルティィミナさんは、そんな僕の様子をしばらく眺《なが》めていたのだけれど、ふとこんな言葉を口にした。

「マールは……ずっと、こうやって暮らしていたのですか?」

(ん?)

僕は、食事の手を止める。

イルティィミナさんは、僕を真《ま》っ直《す》ぐ見つめて、

「もしよろしければ、私にもう少し、マール自身のことを教えてもらえませんか？」

「僕自身？」

彼女は「はい」と頷く。

「前に、親はいないと言っていましたが、その……ご両親は亡《な》くなられたのですか？」

「……わからない」

転生した僕の親なんて、見たことないし、そもそもいるのかも疑問。

「気づいたら、１人でここにいたから」

「気づいたら、ですか？」

「うん。塔の近くに、魔法陣《まほうじん》のある石の台座があってね、そこで目が覚めたんだ。でも、それ以前の記憶《きおく》が、僕にはないんだよ」

前世の記憶は、ぼんやりあるけど、それは言わなくてもいいよね？

僕の言葉に、イルティミナさんはポカンとした。

「マールは、記憶喪失《きおくそうしつ》……なのですか？」

「かなぁ？」

「…………」

「そのあとは、塔を見つけて、ここで１人で暮らしてた。他のところに行きたかったけど、森や崖を越《こ》える方法がなかったし。だから、僕がどうしてここにいるのか、僕自身にもわからないんだよ」

（本当に、なんで転生なんてしたのかね、僕？）

首をかしげ、またお椀に口をつけようとしたら、

「マール」

ギュッ

（わっ？）

突然《とつぜん》、横から伸びた白い腕《うで》に引かれて、彼女に抱きしめられた――って、

「イ、イルティィミナさん？」

両方のほっぺが、凄《すご》く柔《やわ》らかくて弾力《だんりょく》のあるものに挟《はさ》まれてるんですけど!?

さすがに慌ててしまう僕だけど、でも彼女の腕は、この小さな身体を放してくれない。

そして僕を抱きしめたまま、その耳元で、こんなことを言う。

「マール、私は2日後には、この場所から立ち去るつもりでいます」

「う、うん」

「ですが、もしマールが望むのであれば、私は、貴方も連れて行こうと思っています。マールは……どうしたい、ですか？」

…………。

そんなの決まってるよ。

「イルティィミナさんと一緒に行く」

「っっ」

イタタッ……急に、抱きしめる力が強くなった。

「わかりました。この先、命の恩人であるマールを、このイルティィミナ・ウォンは、決して1人にしないと約束します」

お、大袈裟《おおげさ》だなぁ。

でも、その声は、不思議と心に吸い込まれて、空っぽな僕の内側を満たしてくれた気がした。

気がついたら、この小さな手は彼女の背中に回されていて、

「うん。ありがとう、イルティィミナさん」

僕は安心したように目を閉じて、長い吐息《といき》をこぼしていた。

◇◇◇◇◇◇

「マール、服を脱《ぬ》ぎなさい」

食事のあと、突然の命令でした。

(な、なんでっ?)

思わず、よからぬ想像をしてしまう僕に対して、イルティィミナさんは、その美貌を少し険しくしていて、

「ずっと気になっていました。――その左肩《ひだりかた》の服の破れです。もしよければ、私が縫《ぬ》ってあげましょう」

「…………」

一応、破れた部分は縛っておいたんだけど、彼女にはそれが不満らしい。

「はい、バンザイ」と言われて、僕は渋々《しぶしぶ》それに従った。

スポン……と、僕のシャツを脱がすと、イルティミナさんは、腰ベルトのポーチから糸と針を取り出して、手慣れた様子で、破れた個所《かしょ》を縫い始める。

チクチク　チクチク

その作業を、ぼんやり眺めながら、僕は聞く。

「冒険者って、裁縫《さいほう》道具も持ってるんだね？」

「そうですね。本来は、回復魔法を使うだけの魔力《まりょく》や薬が切れたなどの非常時に、傷口を縫うためなのですけれど……」

おぉ？

(そ、そういう理由ですか)

あっという間に縫い終えて、彼女は、白い八重歯《やえば》でプチッと糸を噛《か》み切る。

「はい。終わりました」

「ありがと。――イルティミナさん、縫い物、上手なんだね？」

「フフッ、よく妹の服も縫っていましたので」

そういえば、妹さんがいるんだっけ。

僕は、シャツを着直す。

うん、やっぱりこの方が動き易《やす》いな。

「それにしても、これは、どのようにして破れたのですか？　ずいぶんと力任せに裂《さ》けていましたが」

「あぁ、うん」

頷いて、告白する。

「実は僕、一度、骸骨《がいこつ》に斬《き》られて、殺されてるんだ」

「…………。はい？」

とても変な顔をされました。

イルティミナさんは、頭痛でもするのか、白い指でこめかみを押《お》さえて、

「えっと……すみません。私の聞《き》き間違《まちが》いでしょうか？　……一度、殺された？」

「うん」

「……誰に？」

「大きな骸骨。紫色《むらさきいろ》に光ってて、夜になると森に現れて、ウロウロしてるんだ」

「…………」

「あのペンダントがあったから助かったんだけどね。初めて見た時に、バッサリ」

服の縫い目に合わせて、僕は手刀を走らせる。

思い出すと、まだ怖いけれど、彼女に話したら少し楽になった気がする。

そのイルティミナさんは、何も言わずに、その紅い瞳《ひとみ》をまん丸くしたまま、僕を見ている。

それから、考え込むように天を仰《あお》ぎ、やがて内側に溜《た》め込んだ何かを吐き出すように、大きく息を吐き出した。

「マール」

僕を呼ぶ声は、少し怖かった。

「な、何?」

「その骸骨は、どこにいますか?」

「えっと、見張り台からなら、見つかると思うけど」

「では、行きましょう」

え?

あ、ちょっと?

返事をする間も与《あた》えずに、彼女は立ち上がると、白い槍を手にして螺《ら》旋《せん》階段を上り始めてしまった。

(えぇ……?)

何かのスイッチが入っている感じだ。なんで?

◇◇◇◇◇◇◇

やがて、見張り台に辿《たど》り着《つ》く。

「まだちょっと、時間的に早いかも」

「では、待ちます」

イルティイミナさん、槍を肩《かた》に預けて、壁《かべ》を背もたれに座《すわ》り込んでしまった。

仕方なく、僕も隣に腰を下ろす。

一言もないまま、時間が過ぎて、空は夕暮れの紫から、星々が煌めく漆黒《しっこく》の天幕へと変わっていった。

（そろそろかな？）

僕は立ち上がり、下界の森を覗《のぞ》く。

「あ、いた」

黒い海のような森には、無数の紫の光が、ウロウロと蠢《うごめ》いている。

イルティイミナさんも立ち上がって、その光景を見つけ、

「……これは」

と、驚いたように呟いた。

今まで見たことがないような怖い表情で、彼女は、壁から身を乗り出して、森にいる紫の光

たちを見回していく。

「その骸骨は……1体では、ないのですか？」

「うん」

（そういえば、言ってなかったっけ？）

イルティミナさんは、しばらく無言だった。

やがて、絞《しぼ》り出すような声で、

「昼間があまりに平和なので、考《かんが》え違《ちが》いを起こすところでした。やはり、ここは『アルドリア大森林・深層部』……恐《おそ》ろしい魔境《まきょう》ですね。これほどの数の『闇《やみ》のオーラ』を目にするとは、思いませんでした」

「……えっと？」

「下がって」

声をかけようとした瞬間《しゅんかん》、押しとめられる。

そして魔狩人である彼女は、白い槍を逆手に持ち変えて、突然、大きく振り被《かぶ》った。

カシャン
翼飾りが大きく広がり、美しい刃と紅い魔法石が現れる。

真紅《しんく》の瞳と魔法石が光を増していき、

「シイッ！」

ボッ

一本の白い閃光《せんこう》が、見張り台から夜の森へと飛翔《ひしょう》した。

ドパァアン
落下地点の森が大きく弾《はじ》けて、爆発《ばくはつ》に巻き込まれた『紫の光《むらさき》』が空高くへと跳《は》ね上がる。

硬直している僕の前方で、空中にある『紫の光』は、細かく砕《くだ》けて、まるで花火のように輝《かがや》きを消していく。

「――白き翼よ、我が手に戻《もど》れ」

ボヒュッ
森の中から、白い閃光が舞《ま》い戻る。

片手で、それを受け止めたイルティミナさん――その槍の先端には、あの恐ろしい巨大な骸骨の頭が、突《つ》き刺《さ》さっている。

（う……わっ⁉）

下顎はなく、槍が刺さった場所には、ひび割れが走っている。

よく見たら、その頭蓋骨《ずがいこつ》は、無数の人骨が集まって形成されていて、虚《うつ》ろな瞳には今、なんの力も感じなく、その頭蓋骨には紫の輝きも宿っていなかった。

イルティミナさんは、米俵みたいに大きな骸骨を見つめて、

「ほぅ……『骸骨王《がいこつおう》』ですか？」

（が、骸骨王？）

僕の心の声が聞こえたように、彼女は教えてくれる。

「高位の死霊体《しりょうたい》です。多くの死者がいるダンジョンの奥底《おくそこ》で、たまに見かけるような存在ですが……それがこの地には、これほどの数、跋扈《ばっこ》している。しかも、『闇のオーラ』をまとって、強化された状態で」

「あ、あの、闇のオーラって？」

「あの『紫色の光』のことです。神魔大戦の悪魔《あくま》たちが使った闇の魔力であり、それがいまだ残る大地が、この世界にはまだ存在するのです。そして、闇の眷属《けんぞく》である魔物《まもの》は、その魔力の影響《えいきょう》で力を増してしまう。まさに神魔大戦の負の遺産といえるでしょう」

「つまり……この森も、その負の遺産の1つだったってこと？」

「はい。どうやら、そのようですね」

答えたイルティミナさんは、槍を握《にぎ》る手に、グッと力を込める。

パキンッ

骸骨王の頭蓋骨が砕け、塔の外へと落ちていった。

「…………」

「…………」

僕らは、黙《だま》ってそれを見届けた。

やがて、イルティミナさんは大きく息を吐いた。

それから、こちらに向けられた微笑《ほほえ》みは、いつもの優《やさ》しさを取り戻していて、

「さて、マールの仇《かたき》は討《う》ちました。――塔の中に、戻りましょうか？」

「いや、僕、生きてるからっ」

思わず、突っ込んでしまった。

どうにも、この凄腕《すごうで》の魔狩人さんは、僕に過保護な気がする。

「そうでしたね」とクスクス笑いながら、彼女は、螺旋階段を下りていく。

呆れながら、その背中を見つめ、それから、ふと夜の森を振《ふ》り返《かえ》った。

その漆黒のアルドリア大森林・深層部には、まだまだ無数の『紫色の光』たちが蠢いている。

「…………」

ブルルッ
思わず身を震《ふる》わせて、僕は急いで、彼女のあとを追いかけた。

第十一章　お待ちなさい

パシャ……パシャン
見張り台から戻ったあと、イルティミナさんは貝殻の台座に座って、水浴びをしていた。

「――少し水浴びをしても良いですか？」

そう言われたんだ。

（やっぱり女の人だもんね）

傷は治ったけど、ずっと土に埋《う》もれていたんだ。

身体を綺麗《きれい》にしたいという思いは、あったんだろう。

もちろん、僕は「うん」と頷いた。

………………。

とはいえ、だ。

光る水を浴びるために、彼女は、装備や服を全《すべ》て外していく。

（はわわ……）

背を向けるのが間に合わなくて、輝くような裸身《らしん》を目にしてしまった。

柔らかそうな、大きな胸。

白磁のような白い肌《はだ》。
背中にこぼれる、美しい森色の髪《かみ》。
僕は、慌てて背中を向けた。
「は……ふぅ……」
その耳に、悩《なや》ましげな吐息が聞こえる。
パシャ……　パシャ
水音が、礼拝堂に小さく響《ひび》いている。
ドキドキ
僕の心臓の鼓動《こどう》は、とても速くなってしまった。
（…………）
そろそろ、終わったかな？
そう思って、チラリと後ろを振り返る。
「！」
彼女は、まだ水浴びをしている最中だった。
いけない。
そう思ったけれど、目が吸い寄せられてしまう。
貝殻の台座に腰かけて、女神像《めがみぞう》の手からこぼされる、光る水を浴びる美しい女の人。
その光景は、まるで絵画みたいだった。

濡《ぬ》れた髪が肌に張りつき、白い指が、その長い髪を耳の上へとかき上げて、真紅の瞳を伏せながら、心地好《ここちよ》さそうな表情で吐息をこぼしている。

（……綺麗）

素直《すなお》にそう思った。

まるで女神像の女神様が、そのまま肉体を持って、そこに現れたみたいだ。

……あっ。

それから我に返って、慌てて、また背中を向ける。

（ご、ごめんなさい、イルティミナさん）

心の中で謝《あやま》った。

パシャ……パシャン
僕はドキドキしながら、そのあとも彼女の水浴びが終わるのを待つこととなった。

◇◇◇◇◇◇

「イルティミナさん、今夜は、あっちの部屋を使ってね」

僕は、居住スペースの扉《とびら》を指差して、そう言った。

水浴びが終わった頃《ころ》には、夜も更《ふ》けて、そろそろ就寝《しゅうしん》の時間だった。

「ありがとうございます」と笑った彼女は、その扉を開けて――そして、硬直《こうちょく》した。

ん？　なんで？

「イルティミナさん？」

横から、顔を覗き込む。

彼女の真紅の瞳は、大きく開いたまま、部屋中を見回している。

そして、その桜色の唇から、ポツリと呟きがこぼれた。

「……なんですか、この一面の文字は？」

「あ」

僕《ぼく》は、ポンと手を打った。

すっかり忘れていたけれど、部屋にある壁や床《ゆか》は全て隙間《すきま》なく、今朝まで、僕が刻んだ33文字で埋め尽《つ》くされている。

初めて見たら、呪《のろ》いの部屋と勘違《かんちが》いされても、可笑《おか》しくないレベルだった。

僕は、素直に白状する。

「ごめんなさい。僕が練習で書いたんだ」

「練習？」

「うん。毎日、退屈《たいくつ》だったんで、ここにあった本の文字を書いてたんだ」

しゃがんで、近くの小石を拾い、足元の床にガリガリと覚えた33文字を書いていく。

残念な子を見るような顔のイルティィミナさん。

でも、その表情が、不意に変わった。

僕と同じようにしゃがんで、刻まれた文字を白い指でなぞる。

「もしや、これは……タナトス文字？」

（……タナトス文字？）

「知ってるの？」

「はい。古代タナトス魔法王朝の時代に使われていた、魔法文字です。1つ1つの文字に意味があり、現代には伝わっていない古代魔法が発動できるとか」

「へ～、そうなんだ」

「私も詳しくはありませんが、この辺の文字は、ダンジョンの遺跡などで見たことがあります」

3つほど、文字を触《さわ》って、

「ラー、ティット、ムーダ。……発音は、確かそうだったような？」

「意味は？」

「わかりません。妹のソルならば、魔法学に詳しいのですが……すみません」

「ううん」

僕は、笑って、首を振る。

少しでも、この世界の知識が増えるのは、楽しかった。

（ラー、ティット、ムーダ、か。ちょっと覚えておこう）

口の中だけで、ブツブツと発音を繰《く》り返す。

イルティィミナさんは、深緑色の美しい髪を揺《ゆ》らして、立ち上がると、礼拝堂の方を振り返った。

真紅の瞳をかすかに細めて、

「あの女神像のモデルも、神魔戦争の時代に召喚《しょうかん》された神々の1人なのかもしれません。そうなると、この塔は、古代タナトス魔法王朝・末期の遺跡なのかもしれませんね」

「ふぅん」

僕も改めて、塔の内部を見上げる。

かつては、多くの人が、この女神像を詣《もう》でていたのかもしれない。でも、今は僕ら2人以外に誰もいない、寂《さび》しい空間になってしまった。

（……時の流れって、怖いなぁ）

そんな感慨《かんがい》に思ったり。

そしてイルティィミナさんは、居住スペースの中へと入っていく。

タナトス文字の本を、幾《いく》つか眺めて、

「この辺の本は、少し持っていきましょう」

「ん？」

「私の妹ソルティスなら、解読できるかもしれません。できなくとも、この時代の本は、好事家や研究者などに高く売れますから」

「あはは……売るんだ？」

現実的なところは、ちょっと冒険者《ぼうけんしゃ》らしいと思ってしまった。

（おっと、長話してしまった）

ハッと我に返った僕は、本を見ている彼女に、声をかける。

「ごめんなさい、時間を取っちゃった。――それじゃあ、イルティミナさん、僕は礼拝所で眠《ねむ》るからね？　また明日、おやすみなさい」

「あ、はい」

顔を上げて、彼女は微笑む。

でも、すぐに何かに気づいた顔をして、

「ですが、マール？　そちらに、布団《ふとん》などはなかったようですが……」

「え？　あるよ？」

僕は、自慢《じまん》の布団を指差した。

「ほら、『葉っぱ布団』」

「…………」

「結構、寝心地《ねごこち》いいんだよ？　それじゃあ、おやすみなさい～」

歩きだした僕の手を、白い手がガシッと掴《つか》んだ。

「お待ちなさい、マール」

また少し怖い声だった。

え、何？　なんで？

思わずたじろぐ僕の顔を、イルティミナさんの真紅の瞳は、睨《にら》むように見つめてくる。

「マール、あれは『布団』ではありません。『葉っぱ』です」

「で、でも」

「でも、ではありません。それでは、獣《けもの》と一緒《いっしょ》です。葉っぱで丸くなって眠るマールなど、私は見たくなど……いえ、少しありますが……いえいえ、ありません！」

「………………」

そんなこと言われても。

戸惑《とまど》う僕をしばし見つめて、やがて、イルティミナさんは大きくため息をついた。

「どうやらマールには、私の教育が必要なようですね。――わかりました。今夜は、私の毛布で一緒に眠りましょう？」

ええっ⁉

（いやいや、若い男女が同衾《どうきん》しては駄目《だめ》でしょ⁉）

思わず、焦《あせ》る僕。

けれど、イルティミナさんは、強い力でズルズルと僕を居住スペース内へと引きずり込んでしまう。

そのまま僕を抱きしめて、毛布を２人の身体の上から巻きつけ、タナトス文字が刻まれた床に横になる。

「ほら、この方がいいでしょう?」

「う……いや、うん」

寝《ね》心地《ごこち》はいいけど。

けど、柔らかくて、温かくて、いい匂いがして、逆に寝《ね》れない気がします!

頬《ほお》に触れる、綺麗な髪がくすぐったくて、前髪《まえがみ》を揺らす彼女の吐息が、甘く、優しくて、

「フフッ、よしよし」

頭を撫《な》でられたら、なんだか夢見心地《ごこち》で……あれ?

(……なんだか、本当に眠くなってきたような……?)

自覚がなかっただけで、僕は、とても疲《つか》れていたのかもしれない。

(……ひょっとしたら、彼女は、それを見抜《みぬ》いていたのかな?)

ウトウトと、まぶたが重くなってくる。

逆らうことは難しくて、目の前は、柔らかな闇に包まれる。

トクン　トクン
触れ合う彼女から伝わる鼓動は、まるで子守歌《こもりうた》のようだった。

「おやすみなさい、私のマール。よい夢を――」

そよ風のような、優しい声。

どこか懐《なつ》かしい気持ちになりながら、僕は、そのまま眠りの世界に落ちていったんだ――。

第十二章　前日の準備1

朝になって、目が覚めた。

天井《てんじょう》を見上げながら、「ん～」と大きく伸《の》びをする。なんだか、久しぶりにぐっすり眠れた気分だ。

（イルティミナさんのおかげかなぁ？）

そう思いながら、身体を起こして、隣《となり》を見る。

誰《だれ》もいなかった。

「……あれ？」

毛布の中には僕1人で、あの優しいイルティミナさんの姿は、どこにもない。

（えっ？　なんで？）

少し慌《あわ》てて、周囲を見回す。

すると、居住スペースの扉が開いていて、そこから、何やら香《こう》ばしい匂《にお》いが漂《ただよ》っていた。

（はて、なんの匂いだろう？）

誘《さそ》われるままに進むと、そこは厨房《ちゅうぼう》だった。

扉を開けると、

「あら、マール。おはようございます」

そこに、朝日を浴びて、微笑む彼女《かのじょ》の姿があった。

いけない。

自分が凄く安心したのを感じる。

そんな自分に戸惑いながら、僕は「おはよう」と返事をした。

「何してるの？」

「朝食の準備をしていました」

「朝食の？」

そういう彼女の手元には、鍋《なべ》で煮立《にた》った肉と野菜がある。

（え？　スープ？）

カマドには、小さな紅《あか》い魔《ま》法石《ほうせき》が放《ほう》り込まれていて、そこから真っ赤な炎《ほのお》が吹《ふ》き上がっている。

その火にかけられた鍋から、あの香ばしい匂いが生まれていた。

「その肉とか野菜、どうしたの？」

「持っていた保存用の肉を使いました。あとは、少し外に出て、野草や木の実を集めて」

「…………」

「保存用の肉なので、少し硬《かた》いかもしれませんが……」

イルティミナさんは、そう言いながら、鍋の中身を木製のお皿に移している。

どうやら肉と野菜のスープ、完成のようだ。

「よかったら、どうぞ」

促《うなが》されて、僕は、厨房のテーブル席に座る。

（……なんだか、とても美味しそうだ）

僕は、胸の前で両手を合わせる。

「じ、じゃあ、いただきます」

「はい、召し上がれ」

木製スプーンを伸ばして、一口。

美味《うま》いぃぃ……。

（肉と野菜って、こんなに美味しかったたっけ⁉）

ただ煮込《にこ》んだだけなのに、口の中に食材の旨味《うまみ》が溢《あふ》れて、噛むたびに幸せが湧《わ》いてくる。

『癒《いや》しの霊水《れいすい》』だけでも、食事は充分《じゅうぶん》だった。

でも、毎日それだけでは、やはり飽《あ》きがあったのかもしれない。

食事は、身体を作るだけでなく、心を豊かにするためでもあると、前世で聞いたことがある気がする。

なんだか、それを実感している気分だ。

夢中でスープを食べる僕に、イルティミナさんは、安心したように笑っている。

「フフッ、お口にあったようで、何より」

「ムグムグ……イルティミナさんって、料理もできるんだ？」

「少しだけですよ」

そうなの？

でも、美味《おい》しい。

「ふ～む。きっと、いいお嫁《よめ》さんになれるね、イルティミナさんは」

「…………」

僕の素直な感想に、イルティミナさんはキョトンとする。

それから、口元を押さえて、「マールは、面白《おもしろ》いことを言いますね」と、どこかくすぐったそうに笑った。

でも、その頬がほんのり赤く染まっているのを、僕は見逃《みのが》さなかったよ？

◇◇◇◇◇◇

朝食のあと、礼拝堂に移動した僕らは、少し真面目《まじめ》な話になった。

女神像の前で、２人で向かい合って床に座る。

まず口火を切ったのは、イルティミナさん。

「マール。私たちは、明日の朝、この塔《とう》を出発しようと思います」

「うん」

僕は、大きく頷《うなず》いた。

（……ついに、この森から出られるんだね）

心の鼓動が、早くなる。

「そして今日一日は、その準備のために時間を費やそうと思っています。正確に言えば、ルートの説明と食料の確保です」

ふむふむ。

「まずは、ルートを説明しましょう。私たちは『トグルの断崖《だんがい》』を越えたあと、そのまま『アルドリア大森林』を北上、縦断して、ここから一番近い街『メディス』を目指します」

「北上してメディス、だね？」

「はい」

イルティミナさんは頷いた。

「恐らく、そこには私の仲間であるキルトとソルティスが、遭難《そうなん》した私の帰還《きかん》を待ち、10日は待機してくれているはずです。万が一の場合に備え、そういう決まりにしてありましたので」

なるほど。

と、そこでイルティミナさんは、腰《こし》ベルトのポーチから、折《お》り畳《たた》まれた一枚の紙を取り出した。

広げられた繊維《せんい》の粗《あら》い紙面には、墨《すみ》で扇子《せんす》のような形が描《えが》かれている。

多分、地図だ。

「これが、アルドリア大森林です」

（うん、やっぱり）

「こんな形なんだ？」

「かなり簡略化して描きましたが、そうです。――まず、こちら側がトグルの断崖で、私たちは今、この辺になります」

扇子の広い側、その一点に描かれた×の部分に、白い指が置かれる。

指は、そのままスーッと扇子の要部分にある〇へと移動して、

「そして、ここがメディスです」

「うん。……距離《きより》は、どのくらい？」

「直線で、およそ40000メード。私の足なら2日、マールの足なら7日ほどの距離ですね」

「…………」

えっと。

「ちなみに、1メードってどの位？」

「このくらいです」

両手で示されたのは、だいたい1メートルと一緒だった。

（ということは、40キロ⁉）

思った以上に、距離があった。

「ですので、マールには申し訳ないですが、移動の際には、私が貴方《あなた》を抱《かか》えていきます」

「……はい」

さすがに、我《わ》が侭《まま》を言える状況《じょうきょう》じゃなかった。

物わかりのいい僕に、彼女は、安心したように笑った。

けれど、すぐに表情を引《ひ》き締《し》めて、

「森の中では、太陽の位置から、北の方角を確認《かくにん》して進みます。道中には、猟師《りょうし》たちの森小屋もありますので、夜は、そこで過ごすつもりです」

ふむふむ。

「ですが、移動中は、魔物との戦闘《せんとう》も考えられます。他の理由もあるかもしれません。予定通りにいかず、野宿の可能性も充分ありますので、その覚悟《かくご》はしておいてください」

「うん、わかった」

「行程としては、2日+猶予《ゆうよ》1日と見ています。——ここまでで質問は？」

「ううん、ないよ」

首を振ってから、

「確認だけど、『メディスへの移動』、『仲間との合流』——目標は、この2つでいいんだよね？」

「はい、その通りです」

イルティイミナさんは、満足そうに頷く。

僕は、大きく息を吐《は》く。

きっと、道中の2日間は、大変なんだろうな。

この塔みたいに、安全な場所はなくなって、常に危険と隣《とな》り合わせになるんだから。

（でも……）

この旅で、一番の負担がかかるのは、イルティミナさんなんだよね？

「…………」

本当は、見知らぬ僕のことなんて、連れて行く必要ないんだ。

それでも連れて行ってくれるのは、完全に、彼女の善意だ。それを忘れて、彼女の優しさに甘《あま》えていては、いけない。

（せめて、足手まといにならないように、がんばらないと）

ギュッ
僕は、小さな拳《こぶし》を握る。

「マール」

ふと、イルティミナさんの白い手が、そこに重なった。

ん？

顔を上げると、彼女の真紅の瞳が、僕の顔を真《ま》っ直《す》ぐに見ていた。

「一言だけ、警告を。――私に頼《たよ》ることを、怖《こわ》がらないでください」

（……え？）

思わず、見つめ返す。

そんな僕の目を、彼女はジッと見つめて、

「それが明日からの旅において、一番の危険であり、私にとって迷惑《めいわく》な行為《こうい》ですから」

「…………」

「どうか、それだけは忘れないでくださいね？」

最後に優しく笑い、キュッと僕の手を強く握って、彼女の白い手は離《はな》れていった。

（……敵《かな》わないなぁ）

小さく苦笑《くしょう》した僕は、心の中で深く、彼女に感謝した。

第十三章　前日の準備2

話が終わったあとは、食糧《しょくりょう》を集めに、僕らは森に入ることにした。

陽光の降りそそぐ、平和な緑の世界だ。

僕らは、その木々の間を、テクテクと歩いていく。

（必要なのは、3日×2人分の食糧か……）

『癒《いや》しの霊水《れいすい》』をたくさん持っていければ、よかったんだけど、イルティィミナさんの持っている皮袋《かわぶくろ》の水筒《すいとう》には、2リットルぐらいしか入らないらしい。

でも僕は、1回に10杯《ぱい》ぐらい飲んでしまう。

（……とても足りないよね）

単純に飲み水として、節約しながら飲むしかなさそうだった。

そんなことを考えていると、

「マール。その木の実は、食べられますよ?」

ふと、隣のイルティィミナさんが、そう教えてくれた。

「え?　どれ?」

「その背の低い木です。赤い実がなっているでしょう?」

白い指の示す先には、確かに、僕のお腹《なか》ぐらいの高さの木があった。

そこには、黄色と赤の小さな実が、いくつもなっている。

（これ、食べられるんだ？）

今までに、何回か見た気がする。

食べられるかわからなかったし、小さかったんで食べなかったけど、食べておけばよかったよ――僕は、幼い手を伸ばす。

「赤い方だけですよ？　黄色は駄目です」

「え？」

「黄色は、まだ熟していなくて、毒素が残っています。チコの実は、赤い方しか食べられません」

「そ、そうなんだ」

両方、採ろうとしていた僕は、慌てて赤い方だけを採取する。

採取したチコの実は、イルティミナさんの腰ベルトの右ポーチに転がした。

彼女は、瞳《ひとみ》を細めて、満足そうに頷いている。

「あとは、そちらの木の根元に生えている野草も、食べられますね」

「あれ？」

先っぽだけが膨《ふく》らんでいる、変な形の葉だ。

「フォジャク草です。実がなっているのは、やめてください。実の部分は、毒なので」

「……毒、多いね？」

「そうですね。植物も、子孫を残すために、色々と工夫《くふう》をしますから」

なるほどね。

（色々と勉強になるなぁ）

感心しながら、フォジャク草を引っこ抜《ぬ》いていく。

それもイルティイミナさんの腰ポーチに入れようとして、

「？」

彼女の視線は、遠くを見ていた。

（なんだろう？）

そう思っていると、突然《とつぜん》、魔狩人《まりゅうど》の彼女は、その手にあった組み立て式の小さな弓を構える。

え？

パシュッ
『ピギィッ』

離れた場所で、小さな悲鳴が上がった。

20メートルほど先の草の陰《かげ》で倒《たお》れていたのは、

（け、毛玉ウサギィイ……っ！）

丸くて茶色い、可愛《かわい》いアイツだった。

イルティイミナさんは、弓をしまい、代わりに片刃《かたは》の短剣《たんけん》を取り出して、トクトクと血を流す毛玉ウサギへと近づいていく。

とどめを刺《さ》す気なんだろう。

近づく途中《とちゆう》で、硬直している僕に気づいた。

「マールは、まだ見ない方がいいですね。離れていてください」

「……う、うん」

頭では、ちゃんとわかっている。

生きるっていうのは、他の命を奪《うば》い、食べていくことだ。

スーパーで売られている肉も魚も、同じように生きて、感情があった命だった。今まで、その事実を感じてなかっただけで、僕はこれまでずっと、他の命を奪い続けて、生きてきたんだ。

そして今、その事実を強く実感しただけだ。

でも……わかっていても、ショックは大きかった。

（……ごめんよ、毛玉ウサギ。お前の命をもらって、ちゃんと生きるからな）

もう二度と食べ物を残さない――今更《いまさら》そう誓《ちか》う、情けない僕だった。

◇◇◇◇◇◇◇

そうして、僕らは森を歩く。

僕は、食べられる植物の採取を担当し、イルティミナさんは、狩《か》りをする。彼女の手には、ロープで耳を縛《しば》られた毛玉ウサギが2匹《ひき》、ぶら下がっていた。

(ん……あれ、ここって?)

しばらく歩いていて、ふと気づいた。

僕の足は、ふと茂《しげ》みの方へと向かっていく。

「マール?　どうしました?」

「うん、確かこっちに……あ」

やっぱりだ。

茂みの向こうには、魔法陣《まほうじん》の描かれた石の台座たちがあった。

「これは……?」

追いかけてきたイルティミナさんは、驚《おどろ》いた顔をする。

僕は、唯一《ゆいいつ》無事な、石の台座に近づいて、

「前に話したでしょ?　ここで、僕、目が覚めたんだ」

ザラついた表面を撫でる。

数日前の話なのに、その感触《かんしょく》は、妙《みょう》に懐かしくて、愛《いと》おしかった。

――ここが、転生した今の僕の、全てが始まった場所だ。

イルティミナさんは、周囲に散乱した壊《こわ》れた台座を見ながら、こちらへと近づいてくる。

場所を譲《ゆず》ると、彼女は、興味深そうに石の台座と、そこに刻まれた魔法陣を眺《なが》めだした。

「なるほど、タナトス文字が使われていますね。やはり、古代タナトス魔法王朝の遺物のようです」

「やっぱり？」

「はい。浅学《せんがく》な私には、その効果までは計りかねますが、とても珍《めずら》しい魔法陣に思えます。きっと、ギルドの『魔学者《まがくしゃ》』たちや妹が見たら、大喜びしそうな代物《しろもの》ですね」

（ふぅん、そうなんだ？）

僕は頷いて、1つ、彼女にお願いをしてみた。

「ねぇ、イルティミナさん？　紙と筆、借りてもいい？」

「あ、はい。構いませんよ」

「ありがと」

左の腰ポーチから出てきた紙と筆とインク瓶《びん》を受け取って、僕は、草の上に座《すわ》る。

（ん～と、ここがこうで、こんな形で、こんな文字で……）

魔法陣の写生をしていく。

イルティミナさんは、上から覗《のぞ》き込むようにして、僕の手元を眺めていた。

サラサラ……

「よし、完成」

うん、悪くない出来だ！　と自画自賛。

イルティミナさんも感心したように、

「マールは、絵が上手ですね？」

「あはは、イルティミナさんの似顔絵も、描いてあげようか？」

「フフッ、そうですね。また時間がある時に」

（あ、そうだった）

僕らは、食糧調達をしに森に来たんだ。絵を描いてる場合じゃなかった。

やんわり教えられて、僕は、慌てて立ち上がる。

「ごめんなさい。食べ物、探そう」

「はい」

彼女は、柔《やわ》らかく微笑《ほほえ》んで、先に立って歩きだす。

僕は、その背中を追い——もう一度だけ、魔法陣の刻まれた石の台座たちを振《ふ》り返《かえ》った。

「…………」

涼《すず》やかな風が、森の中を抜けていく。

（明日、出発をしたら、もう二度とここには来れないかもしれないね）

数秒間、始まりの風景を心に刻みつける。

そして僕は、もう振り返ることなく、イルティミナさんのあとを追った。

第十四章　前日の準備3

夕方まで、食糧集めを続けた。

塔に帰ったあとは、イルティミナさんが厨房で毛玉ウサギを捌《さば》いてくれる。

毛皮を剥《は》いで、内臓を取り出して、身体を切り分ける――そこまで行くと、僕も見慣れた、スーパーなどで売っている肉と変わらなかった。

それは、『癒《いや》しの霊水《れいすい》』の入った木製のお椀《わん》に、浸《つ》けられる。

「一晩、浸けると、保存が良くなるんです」

とのこと。

メディスまでは2～3日の行程なので、燻製《くんせい》にしたりはしないそうだ。

「…………」

その間、僕自身は、イルティミナさんに借りた紙と筆で、この塔の記録を残した。

『癒しの霊水』を生み出す女神像《めがみぞう》。

礼拝堂、居住スペース、厨房の風景。

蔦《つた》に覆《おお》われて開かない、塔の大扉。

出入り口となる2階の亀裂《きれつ》。

下から見上げる、長い螺旋《らせん》階段。

見張り台と、そこからの風景。

――特徴《とくちょう》だけを、簡単に絵に描いていく。

(たった数日でも、ここは僕の家だったんだ……)

人の記憶《きおく》から忘れられた場所だけど、せめて、僕だけでも忘れないようにしたい。

あとは、前にイルティミナさんの描いたアルドリア大森林の簡素な地図に、『石の台座』や『壁画《へきが》』の位置も書き加えておく。

いつかまた訪《おとず》れる時に、困らないように。

あるいは、誰かが訪れる時に、活用してもらえるように。

夕食は、『癒しの霊水』で済ませた。

そして僕らは、明日に備えて、昨日よりも少し早い時間に、就寝することにした。

◇◇◇◇◇◇

昨日のように、イルティミナさんの腕《うで》に抱《だ》かれている。

暗闇《くらやみ》の中で、どれくらい時間が過ぎたんだろう？　でも、一向に眠くならなかった。

（明日の遠足を楽しみにしている子供みたいだね……）

小さく苦笑してしまう。

でも、楽しみだけでなく、不安も大きかった。

だって、無事に森を出られる保証なんてなかったから。

安全だった前世の世界でも、僕《ぼく》は、事故で死んでいるみたいだった。より危険なこっちの世界で、どうして大丈夫《だいじょうぶ》なんて思えるだろう？

（……こっちでも、骸骨王《がいこつおう》に一度、殺されてるんだ）

思い出して、ブルッと震《ふる》えた。

と――僕を抱きしめる腕の力が、不意に強くなった。

「眠れないのですか？」

頭の上で、イルティミナさんの声がする。

あぁ、モゾモゾしてたから、起こしてしまったんだ。

「……ごめんなさい、起こしちゃって」

「いいえ」

優《やさ》しい声だ。

そして、彼女は起き上がると、ランタンに火を灯《とも》す。

室内が、ボウッと明るくなる。

そこに彼女の姿も浮《う》かび上《あ》がった。

僕も身体を起こして、僕らは、お互《たが》いに向き合うように床《ゆか》に座る。

僕は、ため息をこぼして、

「なんだか、目が冴《さ》えちゃって、眠くならないんだ」

「そうですか……。ですが、冒険《ぼうけん》に出る前夜は、そういうものです。私だって、今でも同じようなことはありますよ？」

「イルティミナさんも？」

彼女は、凄腕《すごうで》の冒険者みたいなのに……ちょっと驚きだ。

目を丸くする僕に、彼女は、クスッと笑う。

「そういう時って、どうするの？」

「どうもしません。眠れないなら、『眠らないままでいい』と割り切ります」

「…………」

「そうして、ただ横になって休むことにしています。そのまま眠ってしまう時もありますし、やはり夜明けまで、起きている時もありますよ」

「……それでいいの？」

「だって、仕方がないではありませんか」

彼女はあっけらかんと言って、笑う。

「そうして眠れないのが、私です。それなら、その私自身を受け入れるしかありません」

「…………」

それも、そうか。

「イルティミナさんって、凄《すご》いんだね」

尊敬の眼差《まなざ》しだ。

でも、それを受けた彼女は、小さく苦笑を浮かべる。

「とはいえ、そう思えるようになったのは、最近です。マールと同じ年《とし》の頃《ころ》は、『眠らないと！』とか『なぜ眠れないんだ⁉』などと焦って、心を疲れさせてしまったものです」

「そうなの？」

「他の人には、内緒《ないしょ》ですよ？」

人差し指を唇《くちびる》に当てて、彼女は、悪戯《いたずら》っぽく言う。

（あぁ、大人っぽい人だと思ってたけれど、こんな表情もするんだね？）

ちょっと意外だったけど、でも、なんだか可愛かった。

そして僕は、もう1つ気になったことを聞いてみる。

「イルティミナさんって、子供の時から冒険者だったの？」

「そうですね。……幼い頃は、色々とありました。ただ生き延びるのに必死な時期でしたし、冒険者には、年齢《ねんれい》制限もありませんでしたから。それ以外を選べる人生がなかったのもありますが……」

その真紅《しんく》の瞳は、どこか遠くを見ている。

ランタンの揺《ゆ》れる炎に照らされる表情は、哀《かな》しそうで、儚《はかな》くて、僕は、なんだか心配になってしまう。

と、彼女は不意に、

「そうだ」

パンッと両手を叩《たた》いた。

（？）

そのまま彼女は立ち上がると、部屋の隅《すみ》に置いてあった荷物のリュックへと向かい、その中から何かを取り出して、こちらへと戻《もど》ってきた。

その手にあったのは、鞘《さや》に納まる片刃の短剣だ。

彼女は、それを僕の前の床に置く。

「マールに、これを貸しておきます」

「え？」

「これは、幼い私が初めて冒険に出る時に、装備していた物です。今でも、お守り代わりとして、持ち歩いているのですが……」

（そ、そんな大事な物を？）

戸惑う僕に、彼女は神妙《しんみょう》な口調で言う。

「これは、マールの牙《きば》です」

「……牙？」

「はい。マールに襲《おそ》いかかる敵を倒すための武器、貴方の牙になります。どんな不安も、恐怖《きょうふ》も、それに立ち向かえる力を、貴方は持つことになります」

なるほど。

（これは、思い込みの力だね）

自分を励《はげ》ますために、奮い立たせるために、歩むために、戦うために――思い込みで心を満たして、世界を生きる力にするんだ。

その暗示の中心を、彼女は、僕に渡《わた》してくれてるんだ。

「いいの？」

「はい」

僕は、手を伸ばして、短剣を掴《つか》む。

思ったよりも重くて、僕の手は、ゆっくりと鞘から短剣を引き抜いた。

――炎に照らされ、銀の刃《は》が、光を散らす。

「…………」

短い刃なのに、驚くほど力強く感じた。

綺麗《きれい》だな、とも素直《すなお》に思う。

でも、これは毛玉ウサギのとどめを刺すのにも、使われていた――つまり、この刃の輝《かがや》きには、死を与《あた》える力も秘《ひ》めている。

美しくて、恐《おそ》ろしくて、鼓動《こどう》が少し早くなった。

「マール」

イルティミナさんが、魅入《みい》られた僕を呼ぶ。

「マールが、これを使う必要はありませんし、私も、使わせるつもりはありません。ですが、手にしていてください。そうすれば、貴方はもう無力な子供ではありません」

「…………」

「牙を持った、一人の戦士です」

その真紅に輝く視線と力強い声に、心が震えた。

ギュッ
僕は、短剣の柄《つか》を握《にぎ》りしめる。

そして、ゆっくりと鞘に刃を収めていった。

「ありがとう、イルティミナさん。――この短剣、借りておきます」

「はい」

彼女は、美しく微笑んだ。

そうして、僕らは、また眠《ねむ》ることにする。

イルティミナさんの腕に抱かれながら、僕自身も、鞘に入った短剣を胸に抱きながら。

気がついたら、眠りの世界に落ちていた。

そうして夜が過ぎ――そして僕らは、夜明けを迎《むか》えた。

第十五章　旅立つ2人

旅立ちの朝、僕は、礼拝堂の女神像の前に立っていた。

（今日まで、お世話になりました）

両手で器を作り、女神像の手からこぼれる光る水――『癒しの霊水』を受け止めて、それを自分の口へと持っていく。

ここでの最後の朝食。

ゴクゴク
「……ぷはっ」

最後の最後まで、この不思議な水は、甘くて美味しかった。

これがなければ、転生した僕は、空腹と脱水《だっすい》で、すぐに死んでしまっていたかもしれない。

口の中に残る甘さと、その奇跡《きせき》のありがたさをしっかりと噛《か》みしめる。

朝食を終え、僕は、女神像を見上げた。

胸の前で両手を合わせて、深く頭を下げる。

「ありがとうございました。それでは、いってきます！」

今日まで見守ってくれた女神像は、今朝も何も語ることはなく、ただ静かな眼差しで、僕を見つめ続けていた。

◇◇◇◇◇◇◇

螺旋階段を上り、塔の亀裂部分から外に出る。

空は、生憎《あいにく》の曇天《どんてん》だ。

(う……冷たい風)

太陽が雲に隠《かく》れているせいか、少し肌寒《はだざむ》い。

のどかで平穏《へいおん》な森の風景が、今朝は、どこか寒々しく感じて見えるのは、旅立つ僕の心境のせいだろうか?

ふと思い出して、腰紐《こしひも》の後ろに固定した、片刃の短剣の柄に触《ふ》れる。

僕の牙は、ここにある。

(うん、大丈夫《だいじょうぶ》。大丈夫だ)

よし——心を強くして、顔を上げる。

ふと見下ろせば、瓦礫《がれき》の先にある草原の丘《おか》の上に、イルティミナさんが立っているのが見えた。

白い槍《やり》を手にした美しい冒険者《ぼうけんしゃ》。

その背には、赤牙竜の牙も載《の》った大きなリュックが負われている。

（…………）

僕は、すぐにそちらへと向かった。

気づいたイルティミナさんが、こちらを振り返り、優しく微笑んだ。

そして、言う。


「――旅立ちの心の準備はできましたか？」

と。

◇◇◇◇◇◇◇

やがて、僕らは手を繋《つな》ぎ、森へと向かって丘を下り始めた。

天気のせいか、森の景色はいつもより冷たく感じる。

繋いだ手から、不安の気配が伝わったのか、イルティミナさんはふとこんなことを口にした。

「旅立ちには、良い天気ですね」

（……え？）

見上げる僕に、彼女《かのじょ》は笑って答える。

「晴れた日は、不思議といいことがありそうで、油断を誘《さそ》います。雨の日は、憂鬱《ゆううつ》になって、意味のない恐れを抱かせます。――どちらでもない今日は、中庸《ちゅうよう》の心で、全《すべ》ての出来事を冷静に受け止められるでしょう」

「…………」

「マールは、運が良いですね」

彼女が本当にそう思っていたのか、あるいは、僕を気遣《きづか》ってくれたのかはわからない。

でも、どちらにしても、その優しい心が嬉《うれ》しかった。

「では、そろそろ急ぎましょうか」

丘を下り切って森へと入るところで、イルティィミナさんは、小さな子供の僕を抱きあげる。

「ん」

恥《は》ずかしさはあるけれど、僕は大人しく、その行為を受け入れた。

少し赤くなる僕に、彼女は微笑み、

「行きます」

タンッ
その足が力強く大地を蹴《け》ると、周囲の景色が一気に流れだす。

イルティミナさんの首に両腕《りょううで》を回して、落ちないようにバランスを取りながら、僕は、ふと後ろを振り返った。

遠ざかる塔が見えた。

今日まで僕が暮らした家であり、まるで母親の胎内《たいない》に包み込むように守ってくれていた場所だった。

もう二度と来ることはないだろう。

(…………。さようなら)

しばらく見つめ、それから僕は、その姿が森の陰《かげ》に消える前に、自分から前方へと向き直った。

もう振り返らない。

その日、転生した森の塔から、僕——マールは、新たな未来のために旅立ったのだ。

第十六章　トグル断崖を越えろ！

森を駆《か》け抜け、トグルの断崖《だんがい》へと辿《たど》り着《つ》く。

（速い、速い……）

森を抜けるまで、なんと10分足らず。

僕や大きな荷物リュックを抱えているのに、彼女の足は、その短時間で、ここまで走り切ってしまった。

そして、イルティミナさんは、ここに来てようやく足を緩《ゆる》め、歩きだす。

「ふぅぅ」

熱そうな息を長く吐く。

でも、呼吸は大きく乱れていない。

凄い体力。

（これって、冒険者が凄いのかな？　それとも、イルティミナさんが凄いのかな？）

基準がないから、よくわからない。

心の中で首をかしげる僕を抱えたまま、彼女は、崩落《ほうらく》した現場を歩いていく。

30メートル近い大岩や散乱する瓦礫、倒れた木々の中を進んでいくと、やがて、赤牙竜の死体が見えてきた。

血と腐敗《ふはい》した肉の臭《にお》いが、辺りに漂《ただよ》っている。

イルティミナさんは、そちらを一瞥《いちべつ》したけれど、すぐに興味を失ったように視線を外した。

冒険者は、切《き》り替《か》えも凄いらしい。

目的を果たす以外のことは、意識の外に切り捨てているみたいだった。

僕らは、横たわった赤い巨体《きょたい》の横を抜けて、切り立ったトグルの断崖へと向かっていく。

（……？）

なんだろう？

ふと妙な違和感《いわかん》を感じた。

なぜか赤牙竜ガドの死体から、視線が外せない。

傷だらけの赤い巨体が、紫《むらさき》の血の海に横たわっている。

その片方の牙は、折られて、今、僕のすぐ後ろにあるイルティミナさんのリュックに積まれている。全身に開いた傷口もそのままで、右目の上の致命傷《ちめいしょう》も、残ったままだ。

特に、先日に見た時と、変わったところはなかった。

でも……、

（……何か、嫌《いや》な感じがする）

胸が、強く押《お》されているような感覚。

これは、初めて『紫色の光』を――骸骨王を、見張り台から見つけた時と似ている気がする。

なんで？

ギュッ
思わず、イルティイミナさんに掴まっている手に、力がこもった。

「？　どうかしましたか、マール？」

気づいた彼女が、不思議そうに聞いてくる。

でも、イルティイミナさんは、何も感じていないみたいだ。

(なら、僕の勘違《かんちが》い？)

やっぱり、いつもと違《ちが》う心境だから、緊張《きんちょう》もあって、そう感じるだけなのかな？

赤牙竜を見つめたまま、僕はわからなくなってしまった。

上手《うま》い説明も思いつかなくて、僕は、首を横に振った。

「……ううん、なんでもない」

イルティイミナさんは、少し首をかしげて僕を見つめたあと、「そうですか」と頷《うなず》いた。

そのまま、赤牙竜を残して、僕らは土砂《どしゃ》と瓦礫の中を歩いていく。

「…………」

もう一度だけ、振り返る。

横たわった赤い鱗《うろこ》の怪物《かいぶつ》は、やっぱり動くことはなく、僕は少し悩《なや》んでから、前へと向き直った。

◇◇◇◇◇◇◇

遥《はる》か高みまで伸《の》びた『トグルの断崖』――それは今、中腹辺りまで崩《くず》れている。

崩れた土砂や瓦礫は、その下に流れ、まるで坂道のようになっている。

イルティミナさんの健脚《けんきゃく》は、今、その土砂に足を沈《しず》めながら、グングンと坂道を上って、中腹を目指していた。

「僕、降りなくて大丈夫？」

「平気ですよ、マール。心配してくれて、ありがとう」

僕に微笑みかけ、彼女は、また前を向いて歩きだす。

（いいのかなぁ？）

頼りっぱなしで、申し訳ない。

悩んでいると、ふと背中の方から風が吹《ふ》いてくる。その風に誘われるように、僕は振り返った。

（う、わぁ……）

凄い景色だった。

僕らのいる中腹付近は、地表から50メートルの高みにある。

そこから見えるのは、アルドリア大森林・深層部の全景だ。

地平線まで続く、緑の樹海。

その先にある、青い山脈とその奥《おく》に煌《きら》めく大海原《おおうなばら》。

ふと近くを見れば、森の中のある丘の上に、僕らの暮らした塔《とう》がミニチュアの建物のように見えている。

（まるで、鳥になった気分だ）

見張り台からの景色とは、比べ物にならない。

これで晴れていれば、もっと素敵《すてき》だったんだろうけれど……それは贅沢《ぜいたく》というものだろう、うん。

1人頷いていると、カクンと身体が揺れた。

イルティミナさんが立ち止まったのだ。

（おっとっと……？）

僕は、慌《あわ》てて彼女の首にしがみつき、その顔を覗き込む。

「どうしたの？」

「いえ、とりあえず中腹についたのですが……」

（え？）

振り返ったら、土砂と瓦礫の坂道は終わり、代わりに壁《かべ》のような垂直に近い崖《がけ》があった。

僕が景色を見ている間に、彼女は、中腹まで到着《とうちゃく》していたのだ。

「ご、ごめんなさい。気づいてなくて」

「いいえ、大丈夫ですよ」

慌てる僕に、イルティミナさんは苦笑《くしょう》する。

そして表情を改めて、彼女は、トグルの断崖を見上げた。

僕もつられて、顔を上げる。

崩落の影響《えいきょう》か、中腹から崖上までは、凹凸《おうとつ》の多い岩壁《がんぺき》になっている。そこを手掛《てが》かりにしていけば、上まで登れそうだけど……。

(それでも、残り50メートルか……)

簡単じゃないよね。

今度ばかりは、僕もイルティミナさんの腕から降りようと思ったんだけど、彼女はまだ、真剣《しんけん》な表情で崖を見ている。

真紅の瞳は、左右に動いて、何かを確認《かくにん》しているようだ。

「よし」

イルティミナさんは、納得《なっとく》したように頷いた。

そして、僕の方を向いて、

「マール、今度は、肩車《かたぐるま》です」

「……はい？」

「わかりませんか？　肩車というのは、私の首をまたぐようにして、マールが私の両肩《りょうかた》に乗る形で――」

（いやいや、そうじゃなくて！）

僕は、ブンブンと両手を振って、訴《うった》える。

「大丈夫！　肩車はわかるよ！　……でも、なんで肩車？　僕、今度こそ、降りた方が良くない？」

「いいえ、マールに、ここを登るのは無理です」

はっきり否定された。

……ちょっとショック。

でも、彼女は落ち着いた表情で、目の前にある崖に白い指を向ける。

「あの岩と岩の間……あの距離《きより》では、子供の手足では届きません。その先にも、同じような状《じよう》況《きよう》がいくつかあります。別のルートも考えてみましたが、やはりマールでは難しいでしょう」

「…………」

「ごめんなさい、マール。もう少しだけ、私に任せてください」

最後に、申し訳なさそうな顔で謝《あやま》られた。

なんてことだ。

（……何も悪くないイルティミナさんに、謝らせてしまうなんて）

無力な自分を認めるぐらい、素直にしなければいけなかった。

僕は、彼女の足枷《あしかせ》だ――その事実を受け入れられないなら、彼女を苦しめる更《さら》なる足枷にしかならない。

同じ足枷なら、せめて足枷として、それ以上の重さを加えないようにしなければならないんだ。

（まったく……自分が情けないぞ、マール？）

僕は大きく深呼吸して、パンッと両手で頬《ほお》を叩く。

イルティミナさんは、ギョッとしたように僕を見る。

そんな彼女に、僕は言った。

「ごめんなさい、イルティミナさん。もう少し、僕のことをお願いします」

「……マール」

驚いた表情。

でも、すぐに笑って、

「はい。――マールのこと、今しばし、このイルティミナ・ウォンにお任せください」

頼《たの》もしく頷いてくれた。

◇◇◇◇◇◇◇

そうして僕は、イルティミナさんの首を跨《また》った。

なんだか彼女の首の後ろに、股間《こかん》を押しつける形になるので、ちょっとドキドキしてしまう
……いかん、いかん、平常心だ。

深呼吸して、心を落ち着ける。

(さて……それで、これからどうするんだろう?)

気を取り直して、彼女を見る。

と、イルティミナさんは、反対の手に持っていた白い槍を、その美貌《びぼう》の前まで持ち上げて、
ハムッ
(……は?)

と、その口に咥《くわ》えた。

プラプラと自由になった両手を揺らすと、彼女は、その片方を、壁面《へきめん》の凹凸へと引っかけた。

グンッ
重量のあるリュックの荷物と僕も乗せたまま、彼女はなんと、ロッククライミングの要領で
『トグルの断崖』をグングンと登り始めてしまった。

(お? お?)

結構、揺れる。

慌てた僕は、艶《つや》のある綺麗な髪《かみ》ごと、彼女の頭にしがみついてしまった。

彼女の髪は、サラサラしていて触《さわ》り心地《ごこち》がとても良く、甘《あま》いような匂《にお》いもして、ちょっとド

キドキしてしまう。
（いやいや、そんな時じゃないだろう、マール⁉）
自分で思わず、突っ込んだ。
その間にも、イルティミナさんは、長い手足を駆使《くし》して崖を登っていく。
ドンッ　バガンッ
突然《とつぜん》、２メートルぐらい縦に跳躍《ちょうやく》し、その足場となった大岩が崩れた。
（ひぇえ……）
ガランッ　ゴゴンッ
下の壁面を砕《くだ》きながら、大岩は、遥か下方まで転げ落ちていく。
「ふっ……はっ」
イルティミナさんの強い呼気が、槍を咥えた歯の隙間《すきま》から、時々、漏《も》れる。
相当な力が入っているし、その真剣な表情からも、集中しているのがわかった。
僕も、なるべく身体を揺らさないようにして、重心を定位置に保つように注意する。
（邪魔《じゃま》にならないように、邪魔にならないように……）
そうして、15分ほどが過ぎただろうか？
彼女の動きが、止まった。
（？）
崖の上までは、あと10メートルほどだ。

なのに、彼女は両足と片手で、自分の身体を支えながら、残った手を次の凹凸へと伸ばさない。

それは、1分近くも続いて、

「……イルティミナさん？　どうしたの？」

さすがに僕は、声をかけてしまった。

イルティミナさんの真紅の瞳《ひとみ》が、こちらを向く。

そして彼女は、咥えていた白い槍を空いた片手に持って、溜《た》まったよだれと熱い息を大きく吐《は》いた。

「すみません、マール……この先のルートが、見つからないのです」

「え？」

「下からは、登れるように見えたのですが……」

「…………」

（えっと……？）

ルートって、つまり登れる場所のことだよね？

え、それがない？

ちょっと慌てながら、僕は、あと残り少しの崖を見上げた。

「あ、あのでっぱりは、どう？」

「恐らく、私たちの重量を支えきれずに、崩れます」

「じゃあ、あっち……」

「同じです」

「な、なら、え～と、あの段差は？」

「あの狭《せま》さでは、指先しかかかりません。今の、握力《あくりょく》の弱った私では……」

呆然《ぼうぜん》とする僕を、イルティミナさんは申し訳なさそうに見つめる。

（でも、でも、ここまで来て……また下に戻るなんてっ！）

というか、戻れるの？

そして、もう一度、別ルートで登ったら、ちゃんと上まで行けるの？　ここまで来てそうなら、とても行けるとは思えない。

僕は、すがるように彼女を見る。

見返す真紅の瞳には、苦しげな、辛《つら》そうな輝きがあった。それは、もはや彼女にはどうしようもないのだと、僕に伝えてくる。

（そんな……）

力が抜《ぬ》けた。

ようやく、ようやく森での生活から、脱出《だっしゅつ》できると思ったのに……。

最後に、もう一度だけ、僕は彼女に聞いた。

「本当に、無理……かな？」

真紅の瞳が、僕の視線から逃《のが》れるように、悲しげに伏《ふ》せられる。

「ごめんなさい、マール。……ごめんなさい」

（……あ）

ハッと我に返った。

（僕の馬鹿《ばか》たれ！　また彼女に謝らせるなんて……）

心の中で、自分を張《は》り倒《たお》す。

彼女1人に責任を押しつけて、どうするんだ！　彼女は精一杯《せいいっぱい》にやってくれた、それで充分《じゅうぶん》だろ？

色々と湧《わ》いてくる感情を、全て、胸の奥で押し潰《つぶ》す。

（いいんだ、大丈夫！　また別の方法を考えればいいんだ、問題ないよ）

そう心に言い聞かせ、思い込ませる。

目を閉じて、「ふー」と大きく息を吐いた。

そして、まぶたを開ける。

崖の上まで、10メートル――そこは、もう少しに見えて、とても遠い場所だった。

その見上げる視界の中、崖の上の空を、1羽《わ》の鳥が飛んでいった。

あぁ、あの鳥みたいに空を飛べたら……。

「え……空を飛ぶ？」

ふと思いついた。

（もしかして、飛べばいいんじゃないのかな？）

あの崖の上まで。

——僕が。

「イルティィミナさん、1つ聞きたいんだけど?」

「はい」

「ここからあの上まで、僕を投げることって、できるかな?」

「え……?」

彼女は、ポカンとした。

すぐに僕の言いたいことに気づいたのか、少し考え込む。

そして、頷いた。

「できると思います」

本当に⁉

(やった!)

心の中で喝采《かっさい》を上げる。

「で、ですが、距離としてはギリギリです。もし失敗したら、マールはそのまま崖下《がけした》まで転落して——」

「イルティィミナさん、失敗する気なの?」

「いえ、そういうわけでは!」

「なら、大丈夫だよ」

僕《ぼく》は、笑った。

「――僕は、イルティミナさんのこと、信じているから」


彼女は、小さく息を飲む。

それから大きく息を吐いて、僕の顔を見つめる。

その真紅の瞳には、覚悟《かくご》を決めた人だけが持つ光があった。

「わかりました。――では、マール。まずは私のリュックの横から、ロープを取ってください」

「うん」

僕は、イルティミナさんに肩車している足を掴んでもらいながら、逆さまになって、リュックの横に丸められているロープを掴む。

「取ったよ」

「では、それを決して落とさないように抱《かか》えていてください」

「うん」

ギュッと両手で胸に抱《だ》く。

イルティミナさんは、一度、深呼吸してから、

「マールを肩《かた》から下ろします」

「ん」

肩が斜《なな》めになり、跨《また》がせていた足が外れると、僕の身体は下へと落下する。

カクンッ
一瞬《いっしゅん》、ヒヤッとしたけれど、掴まれている足首だけで支えられる。

そうして、プランプランと揺れる僕の目の前に広がるのは、落ちたら絶対に助からない、遥か崖下までの光景だった。

でも、

(……思ったより、怖《こわ》くないね?)

自分でも意外だった。

やっぱり、『イルティィミナさんだったら、大丈夫!』と心が受け入れているんだ。

多分、その信頼《しんらい》は、僕の中で一番強い暗示になっている。だから、怖さを無視して、安心していられるんだ。

そんな僕の耳に、真剣な彼女の声が届く。

「崖の上に行ったら、近くの木にロープを回して、それを私のところに落としてください。私は、それを伝って、上に登ります」

「うん、わかった」

「それでは、行きますよ?」

「いつでも」

僕は、大きく深呼吸。

不思議と、イルティィミナさんも、大きく息を吸ったのがわかった。

（今――っ）

ブォンッ

思った通りのタイミングで、強い力が全身を襲った。

視界が恐ろしい速さで流れて、そして、急激にその速度は落ちる――目の前にあった崖の端《はし》に、僕は必死に手を伸ばした。

ガツッ

肘《ひじ》が当たって、痛みが走った。

でも、そんなのはどうでも良くて、僕はがむしゃらになって崖を蹴り、10メートルの最後のあと1歩をよじ登る。

「マールっ⁉」

「大丈夫っ！」

心配そうなイルティィミナさんの声に、振《ふ》り返《かえ》らずに答えて、なんとか登り切った。

や、やった！

そして、目の前に広がっているのは、トグルの断崖の上、深層部ではないアルドリア大森林の風景だ。

針葉樹の木々が乱立する、やはり、樹海のような森の世界が広がっている。

（でも、感慨《かんがい》に浸《ひた》るのは、後回しだ！）

僕は、ダッシュで一番近くの木へと向かい、ロープを垂らして、その周りをグルッと1周する。

そこで縛《しば》ろうかと思ったけれど、子供の力で、丈夫《じょうぶ》に結べるかわからない。

イルティイミナさんの背負っている荷物は、100キロ近い重量があるはずだ。

なので、ロープの両端《りょうたん》を結んで、大きな輪のようにする。これで両方のロープを掴んでもらえば、万が一でも大丈夫《だいじょうぶ》だ。

(よし!)

今できる精一杯の力で、結んだ。

あとはそれを持って走り、

「イルティイミナさん!」

崖下の彼女めがけて、落とすだけだ――って、

「マール、無事ですか!? ……よかった」

よくない!

無事じゃないのは、彼女の方だった。

僕を投げた反動があったのだろう。彼女は、片手だけで崖にぶら下がっていた。な、何やってるのーっ!?

慌ててロープを放《ほう》り投《な》げる。

彼女は、また白い槍を咥えると、投げられたロープを掴《つか》み、そこにぶら下がる。

ビンッ　ギシィィィ

ロープが張り詰《つ》め、木の幹と擦《こす》れる音が響《ひび》いた。

心配する僕が見守る中、イルティミナさんは力強くロープを登ってくる。

そして、最後は崖の上に手を置いて、その身体全てを登らせた。

「はっ……ふぅぅぅ」

地面の上に重たいリュックと白い槍を落とし、そのまま彼女はその場に座《すわ》り込んで、長い呼気を吐き出した。

僕がそばに近づくと、それに気づいて、

「マール」

「イルテ――わっ？」

白い腕《うで》が伸ばされて、思いっきり抱きつかれてしまった。

汗《あせ》に湿《しめ》った長い髪が、僕の頬をこすり、その熱い吐息《といき》が首筋をくすぐる。

そうして、僕を抱きしめたまま、けれど、彼女は何も言わなかった。

色んな感情が溢《あふ》れて、言えなかったんだと思う。

「…………」

僕も同じだった。

だから、何も言わないまま、僕も小さな手で彼女の背中を、ポンポンと軽く叩《たた》いた。

多くの労《ねぎら》いと感謝を込めて――。

――そうして、僕とイルティミナさんは、行く手を阻《はば》んでいた『トグルの断崖』の登頂に成功した。

第十七章　休憩

『トグルの断崖』を登り切った僕らは、そこで小休止することにした。

さすがに凄腕冒険者《すごうでぼうけんしゃ》のイルティミナさんでも、重い荷物を背負ったままの50メートルのクライミングは、相当に疲《つか》れたらしい。

彼女は地面に座ったまま、両腕の防具を外して、酷使《こくし》した白い腕を揉《も》んでいる。

「大丈夫、イルティミナさん？」

「はい。――ごめんなさい、マール。少し休めば、回復しますので」

別に謝らなくてもいいのに。

僕は、彼女を安心させようと笑って、「ううん」と首を横に振った。

彼女も微笑《ほほえ》む。

(うん、よかった)

「じゃあ、僕、今の内に使ったロープを回収してくるよ」

「あ、はい。では、お願いしますね」

声をかけて、僕は、ロープの方へと駆けていく。

長いロープを拾い上げ、固い結び目をなんとか解いて、直径30センチほどの円にまとめてい

く。途中《とちゅう》で引っかからないように、ロープを回した木の方へと歩きながら、回収作業をしていると、

ヒュウゥゥ

「ん？」

ふと空を抜けてきた風が、僕の髪をさらっていく。

そちらへと視線を向けて、つい作業の手を止めてしまった。

（……ここまで来たんだなぁ）

目の前には、何もない空と、遥か下の方に広がるアルドリア大森林・深層部の雄大《ゆうだい》な景色があった。

塔の見張り台から『トグルの断崖』を見た時は、まるで自分を閉じ込める絶望的な壁のようだった。

なのに、今の僕は、その上に立っている——この景色こそ、それが現実である証拠《しょうこ》だった。

（でも、ここがゴールじゃないんだ）

目指すのは、更に北上した先の『メディス』という街だ。

感慨に浸るのは、目的を達成してからでいいと思う。

僕は「うん」と頷いて、回収作業を再開する。

ロープを巻き取りながら、木の周りをグルッと回った時、

「あれ？」

その先の森に、倒木《とうぼく》があることに気づいた。

それだけなら、珍《めずら》しくもないいんだろうけれど、その奥にも同じような倒木がある。

僕は不思議と気になって、ロープを持ったまま、少しだけ森の奥に入っていく。

(……なんだ、これ?)

唖然《あぜん》となった。

森の奥に、少し入った場所は、まるで台風か竜巻《たつまき》でもあったみたいに、森の木々が倒されていた。

近づいてみると、僕の身長ぐらいの太さの木もある。

「いったい、何があったんだろう?」

少し緊張しながら、周囲を見回す。

無事な木もあるけれど、それらの幹には、何か大きな引《ひ》っ掻《か》き傷《きず》のようなものが何条も走っていた。

その巨大《きょだい》さに驚《おどろ》き、恐《おそ》ろしくなってしまう。

でも、そのおかげで、僕の脳裏《のうり》には1つの仮説が生まれた。

(ひょっとして、これ……赤牙竜ガドのやったことかな?)

イルティミナさんと赤牙竜は戦いながら、トグルの断崖まで来て、そして崖崩《がけくず》れが発生した。

もしそうなら、これはきっと、その時の戦闘痕《せんとうあと》なんだろう。

ペタペタ

「でも、こんな頑丈《がんじょう》な木をなぎ倒すなんて……」

倒木に触《ふ》れながら、僕は身震《みぶる》いする。

赤牙竜が生きていたら、どれほどの脅威《きょうい》だったのか、思い知らされた気分だ。

そして、それを倒したイルティミナさんは、なんて強くて、格好《かっこ》いい女性なんだろう、と思った。

自分が倒したわけではないのに、まるで自分のことのように誇《ほこ》らしく感じてしまう。いやいや、本当に自分勝手なのはわかってるんだけど。

と、その時、

「マール？　どこですか、マール？」

僕を呼ぶイルティミナさんの声が聞こえた。

（あっと、いけない）

突然、姿を消したから、心配させてしまったんだ。

僕はロープを抱え直すと、慌てて、彼女《かのじょ》のいるトグルの断崖の岸壁《がんぺき》へ、戻《もど》ることにした。

◇◇◇◇◇◇◇

「マール、今後は1人で、森に入らないでくださいね？」

怒《おこ》られました。

イルティミナさん、口調こそ柔《やわ》らかいけれど、真紅《しんく》の瞳には、かなり非難の色が強かった。

（そ、そんなに怒らせることしたかな？）

疑問に思うけれど、素直《すなお》に「ごめんなさい」と謝っておく。

それが奏功したのか、彼女は、大きなため息をこぼすと、なんとか怒《いか》りの矛《ほこ》を収めてくれる。

「それで、何があったのですか？」

「う、うん。実は――」

僕は、森で見た、竜巻が荒《あ》れ狂《くる》ったような痕跡《こんせき》を説明する。

すると、彼女は「あぁ」と頷いて、

「それは恐らく、私と赤牙竜ガドとの戦いの痕跡ですね」

と答えた。

（やっぱり）

僕は心の中で、納得する。

そして、目の前にいる魔狩人《まりゅうど》に、尊敬の眼差《まなざ》しを向けて、

「あんな太い木をなぎ倒すような怪獣《かいじゅう》をやっつけるなんて、本当にイルティミナさんって凄《すご》いんだね」

「さて、どうでしょうね？」

でも、答えるイルティミナさんの表情は、冴《さ》えない。

「本来は、3人がかりで挑《いど》む予定の危険な竜《りゅう》でしたから。今回は、運が良かったのでしょう。次があれば、また勝てる保証はありません」

「そうなの？」

とはいえ、赤牙竜がいない今、もう次なんてないと思うけど。

そう言うと、イルティミナさんは小さく笑った。

「名付きの赤牙竜は、珍しいですが、いないわけではありません。また依頼《いらい》がある可能性はありますから」

「ふぅん？　……名付きって？」

「あぁ、同じ魔物《まもの》の中でも、より凶暴《きょうぼう》なものには、名前がつけられるのです。このガドも、討《とう》伐依頼《ばついらい》を受けた冒険者《ぼうけんしゃ》を13人も返り討《う》ちにした、恐るべき経歴の竜ですから」

「13人……っ⁉」

（ひぇぇ）

青くなる僕の前で、イルティミナさんは、自分の鎧《よろい》の穴を触って、

「マールがいなければ、私も14人目になるところでしたね」

と、どこか嬉《うれ》しそうに笑った。

いや、笑えるような話じゃないと思うんだけどなぁ、僕は……。

◇◇◇◇◇◇◇

さて、話も一段落したところで、僕らは休憩《きゅうけい》を終わりにすることにした。

「？　マール、このロープに血がついているのですが？」

イルティィミナさんに回収したロープを渡《わた》したら、そう言われた。

え？

キョトンとしながら、僕もロープを見ると、

（本当だ。血のシミができてる）

なんで？

不思議に思って、首をかしげる。

と、そんな僕の方を見て、イルティィミナさんは突然、「あ」と声を上げた。

「マール。貴方《あなた》の肘から、血が……」

「え？　肘？」

指摘《してき》に驚き、自分の肘を見る。

左肘《ひだりひじ》……なんともない。

右肘《みぎひじ》……あ？

「本当だ、血が出てる」

3センチぐらい、皮膚《ひふ》がめくれて、そこから血が滴《したた》っていた。

なんで？　と思って、すぐに思い出した。

（あぁ、トグルの断崖《だんがい》を登る最後に、思いっきりぶつけたね？）

打ち身の痛みだと思っていたら、出血してたのか。

「ごめんなさい、イルティミナさん。ロープを汚《よご》しちゃって」

「それは構いません。それよりも、すぐに治療《ちりょう》しなければ……」

いや、大丈夫だよ。

「これぐらい。放っておいても、すぐ治るよ」

「駄目《だめ》ですよ。破傷風になったら、どうするのです？　ほら、いらっしゃい」

「うわっとっと？」

右手首を捻《ひね》られて、僕は、強引《ごういん》に引き寄せられる。

僕を逃《に》がさないよう、膝《ひざ》の上に抱きかかえて、イルティミナさんはリュックを漁《あさ》った。

薬でも出てくるのかな？　と思っていたけれど、違《ちが》った。

出てきたのは、革製《かわせい》の水筒袋《すいとうぶくろ》だった。

そっか、まずは水で洗い流すつもりなんだね。

（あれ？　でも、これの中身って）

案の定、彼女が自分の手のひらにこぼしたのは、少量の『光る水』――『癒《いや》しの霊水《れいすい》』だった。

「これがあって、よかったです」

安心したように呟《つぶや》いて、彼女は、その手のひらの癒しの霊水を、僕の肘にかけた。

ピシャピシャ
ん。

少しひんやりする。

濡《ぬ》れた部分が、風に触れて、蒸発しているんだろう。

そして、その冷たさが消えるのと一緒《いっしょ》に、痛みも消えていた。

（え？）

見れば、傷口が塞《ふさ》がって、もう薄皮《うすかわ》ができていた。

（あ、あれ？）

傷口を洗うんじゃなかったの？

確かに、『癒しの霊水』は、『回復魔法《まほう》の力を秘《ひ》めた水』だって教えられていたけれど、

「あの……もしかして、これ、実は飲み物じゃない？」

「飲めもします。ですが、食糧《しょくりょう》や水は、別に用意するのが普通《ふつう》ですから。少しだけ、もったいないかもしれませんね」

やんわりと肯定《こうてい》されました。

（あ～、そうなんだね？）

僕は、それが無限に湧き出る環境《かんきょう》にあったから、当たり前のように飲んでしまったけれど、本来はこういう傷を癒すための貴重な薬なんだ。

（もしかしたら僕は、物凄《ものすご》く恵《めぐ》まれた環境にいたのかも……？）

今更《いまさら》ながらに、そう思う。

イルティミナさんは、僕の肘が回復したことに「よかった」と満足そうに息を吐いていた。

そして彼女は、革製の水筒袋をリュックにしまい直すと、そのまま膝の上にいた僕を抱きかかえて、立ち上がる――って、

（おっとっと？）

「マールの肘も治ったことですし、そろそろ本当に出発しましょうか」

「あ、うん」

頷《うなず》く僕に、イルティミナさんは優《やさ》しく微笑みかける。

（……僕も、もう、このポジションには慣れたものだよ）

もはや達観して、なんだか遠い目になる僕。

そして彼女は、そんな僕を抱えたまま、赤牙竜の牙《きば》も積まれたリュックを背負い、白い槍《やり》も反対の手に掴みあげる。

「では、行きます」

そう短く告げて、

タンッ

軽《かろ》やかに大地を蹴《け》ると、僕らの姿は、崖上《がけうえ》から『アルドリア大森林』の木々の中へと消えていった。

第十八章　アルドリア大森林にて

針葉樹の木々の中を、僕らは進んでいく。

深層部じゃない方の『アルドリア大森林』は、けれど、『トグルの断崖』の下の森の景色と、まるで違いのない風景だった。

のどかで平穏《へいおん》で、これで天気も晴れていれば、森林浴でもしたくなるぐらいだ。

あれだけ苦労して登頂したから、正直に言えば、ちょっと拍子抜《ひょうしぬ》けしている。

(でも、同じ森だもんね。仕方ないか)

たかが標高１００メートルの差で、そこまで植生に違いはでないんだろう。

そんな僕を抱えるイルティミナさんの健脚《けんきゃく》は、今、足元の草木を散らしながら、小走りぐらいのペースで森を移動している。

さすがに走ったりしないのは、今日の移動距離《きょり》が長いためだと思う。

(それでも、僕の全速力と、同じぐらいの速さだけどね)

そんな彼女に、僕は問いかける。

「イルティミナさん、疲れてない？」

過酷《かこく》なクライミングのあとだ。少し心配でもあったんだ。

けれど、彼女は小さく笑って、

「心配してくれて、ありがとう、マール。でも、大丈夫ですよ」

「そう」

半分予想通りの答えだ。

だけど、言っておく。

「疲れたら、ちゃんと教えてね？　僕は、いつでも降りて、自分で歩けるから」

真紅の瞳は、驚いたように丸くなる。

それから、彼女は嬉しそうに笑った。

「わかりました。では、その時は、お願いしますね」

「うん」

でも、きっと彼女は、疲れても言わないんだろうな。

だから、注意して様子を見て、僕の方から言ってあげないと。

いつも一方的に世話をかけてる僕だけど、せめて、それぐらいは気をつけてあげたいと思うんだ。

◇◇◇◇◇◇◇

代《か》わり映《ば》えのない森の景色には、時々、イルティミナさんと赤牙竜ガドとの戦闘《せんとう》の痕跡が現れる。

「うわ、ここでも戦ったんだ？」

「そのようですね。闇雲《やみくも》に逃げながら、戦っていたので、あまり覚えていませんが……」

驚く僕と、苦笑《くしょう》するイルティミナさんの前には、なぎ倒された木々がある。

そこには赤い鱗《うろこ》の破片《はへん》や、紫《むらさき》の血痕《けっこん》が残されていたりする。

それらの倒木を、トントンと跳躍しながら乗《の》り越《こ》えて、僕らは先へと進んでいく。

でも、その方向は、戦闘の痕跡が続いている方とは、別だった。

「あっちじゃないの？」

「いえ、メディスの街があるのは、こちらです。向こうは、ただ戦っただけの場所ですから」

そう言って、白い指が上を示す。

「ほら、太陽の位置を見てください？」

見上げれば、雲の向こうに、薄《う》っすらと丸い日光の輝《かがや》きが見えている。

（ふむふむ？）

「正午の太陽は、ほぼ南の位置にあります。そして、今はちょうどお昼時です。なので、メディスのある北の方角は――」

「なるほど。こっちだね？」

「はい、正解です」

よくできた生徒を褒《ほ》める顔で、イルティミナ先生は笑う。

僕も笑顔《えがお》を作る。

でも、内心では、別のことを考えていた。

（ここでも、日本と同じ地理的な方位なんだ？）

ちなみに地球の南半球だと、太陽の位置は、南ではなく北になる。

そうなると、僕らは今、北半球側にいるんだろう——もし、この異世界が惑星《わくせい》として、存在しているならって前提だけど。

「ん？　あれ？」

その時、日本との共通点を探していた僕は、ふと大変なことに気づいた。

「あ、あの、イルティミナさん？」

「？」

「ちょっと変な質問をするんだけど……その、僕らが今、喋《しゃべ》っているのは、なんていう言葉かな？」

「え？　アルバック大陸の共通語ですが……？」

アルバック大陸の共通語……。

（やっぱり、日本語じゃないんだね？）

怪訝《けげん》そうな彼女の視線を感じながら、僕は考え込む。

第十九章　雨夜の森

「なんだか、暗くなってきたね」

周囲の森を見回して、僕は、呟くように言った。

時刻としては、まだ夕方だ。

それでも、空を覆い尽くした灰色の雲のせいで、辺りは薄暗《うすぐら》くなっている。

さっきまでは小走りだったイルティィミナさんも、足元が見辛《みづら》くなったためか、普通に歩き始めていた。

「そうですね。完全に暗くなる前に、ランタンを点《つ》けましょう」

「うん」

僕は、彼女の腕から降りる。

しゃがんだイルティィミナさんの背後に回り、リュックの中からランタンと火打石を取り出した。

カッ　カッ
彼女は手慣れた様子で火を灯《とも》し、そのランタンを白い槍の先端《せんたん》、翼飾りに引っかける。

おかげで、僕らの周囲はとても明るくなった。

（なんだか、明るいってだけで安心する……）

僕は、ホッと息を吐いて、少しだけ気を緩《ゆる》めた。

グゥ……

途端《とたん》、僕のお腹《なか》が、浅ましくも鳴き声を上げる。

（う、恥《は》ずかしい……っ）

イルティミナさんは「おや」と目を丸くし、赤くなる僕に優しく笑う。

「フフッ、そういえば、お昼も食べていませんでしたものね」

「う、うん」

「ですが、もう少し移動しておきたいのです。ごめんなさい、マール。今は、これで我慢《がまん》をしてくださいね」

そう言って、腰《こし》ベルトのポーチから何かを取り出す。

見せられた白い手のひらにあったのは、真っ赤な木の実――昨日、集めた、チコの実だった。

落とされるそれを、両手に受け止めながら、僕は彼女を見上げる。

「これって、そのまま食べられるの？」

「はい。少し固いかもしれませんけれど、食べられますよ」

「ふぅん」

試《ため》しに1つ、口の中へ。

カリッ　プチュッ

（ん、少し酸《す》っぱいね）

固い皮の奥《おく》からは、酸味のある果汁《かじゅう》が溢《あふ》れてくる。

でも、味は悪くない。

もう1つ、食べよう。

（うん、酸っぱい）

でも、悪くない……これは、癖《くせ》になる味だ。

僕は、カリカリとチコの実を食べ続ける。

イルティミナさんは笑いながら、そんな僕を抱《かか》えて、また歩きだした。

ランタンの揺れる灯《あか》りに、照らされる森の景色も、ユラユラと揺れている。

「イルティミナさんも、食べる？」

「あら？　私も、よろしいのですか？」

「うん。口、開けて」

目を閉じて、幼い雛鳥《ひなどり》のように口を開く。

「あ……ん」

無防備なその表情は、なんだか艶《なま》めかしくて、少しドキッとしてしまった。

そんなイルティミナさんの舌の上に、チコの実を1つ、転がす。

指先がちょっと触れてしまった桜色の唇《くちびる》は、プルンとした弾力《だんりょく》があって、しっとり柔らかかった。

カリカリ
「美味《おい》しい？」

「酸っぱいです」

「だよね？」

僕らは、つい吹《ふ》き出《だ》すように笑い合った。

◇◇◇◇◇◇

それから、しばらく歩いた。

周囲はもう真っ暗で、ランタンの灯りが照らしている範囲《はんい》以外は、闇《やみ》の中に沈《しず》んでいた。

森の空気が、少し湿《しめ》ってきた気がする。

（なんだか、降ってきそうだなぁ？）

僕は、濃淡《のうたん》のある頭上の雲を見上げて、心配になってきた。

イルティミナさんは、時々、立ち止まって、ランタンのぶら下がった白い槍の先端を、アチコチへと向ける。

（何をしてるんだろう？）

（毛玉ウサギ……君は、本当に美味しいよ）

申し訳なさもあったけれど、美味しさから感じる幸せの方が強かった。

もちろん、残さず食べたよ？

そして、満腹になったら、すぐに眠気《ねむけ》が襲ってきた。

（さっきは、あんなこと言ったけど、実は疲れてるんだよね……）

移動中は、上下左右に揺られながら、何時間もジッとしていた。

不思議なことに、これだけでも結構な疲労《ひろう》感があったんだ。

僕の様子に気づいて、イルティミナさんはクスッと笑う。

自分の身体に、毛布を乗せながら、

「おいでなさい、マール」

「ん……」

眠《ねむ》かったのもあって、逆らう気はなかった。

素直《すなお》に、彼女《かのじょ》の胸に倒《たお》れ込む。

イルティミナさんの柔《やわ》らかくて、大きく実った胸が、僕の顔面を優しく受け止めてくれる。

あぁ、幸せ……。

イルティミナさんも、僕を抱き枕《まくら》にして、幸せそうに藁と獣皮の寝床に横になった。

バラッ　バララッ　バララララ……ッ
突然《とつぜん》、屋根の方から、何かの当たる音が響《ひび》きだした。

「あら、降ってきましたね」

あぁ、雨か……。

「フフッ、降る前に、ここに入れてよかったですね、マール。……マール？」

バラバラというリズム感のある音が、心地好《ここちよ》くて、イルティミナさんの優しい声が遠く聞こえる。

（あぁ、本当に、あったかい身体してるなぁ）

寝《ね》ぼけたまま、彼女にスリスリする。

イルティミナさんの小さく笑ったような声がして、それを最後に、僕の意識は、眠りの世界へと落ちていった——。

◇◇◇◇◇◇◇

…………。

……………………。

………………………………。

それから、どれくらい経《た》ったのか？

僕は、ふと目を覚ました。

「…………」

部屋の中は真っ暗で、ほんのりと囲炉裏の炭だけが、赤く周囲を照らしている。

すぐ近くには、眠っているイルティィミナさんの白い寝顔《ねがお》がある。

まつ毛が長くて、本当に綺麗で、まるでお人形さんみたいだ。

でも、僕の頬《ほお》を包む大きな胸は、呼吸のたびに上下を繰《く》り返《かえ》している。ムニムニと頬が幸せだ――なんて、いつもなら、そう思うだろう。

でも、今は違った。

(なんだろう……この感じ?)

僕は、自分の胸を押《お》さえる。

妙《みょう》に息苦しい。

窓の外は、真っ暗で、いつの間にか雨は上がっているようだった。

湿った空気が、なんだか重い。

「…………」

僕は、イルティィミナさんを起こさないよう注意して、彼女の腕《うで》の中から出た。

小屋の中を見回す。

何もない。

僕は、音を立てないようにしながら、小屋の扉《とびら》を少しだけ開いた。

冷たい空気が、部屋の中へと滑《すべ》りこんでくる。

肌《はだ》を撫《な》でる冷気に、ブルッと身体を震わせ、そのまま、小屋の外に出た。

「…………」

森の中は、真っ暗だ。

深層部にいた時と同じだ。

初めて、夜の森に抜《ぬ》け出して、そこで、骸骨王に殺されたんだ。

あの紫の輝きを、僕は忘れていない。

「……なんで？」

だから、

「……なんで、あそこだけ、紫色《むらさきいろ》に光ってるのさ？」

森の木々の向こうで、妖《あや》しく輝く光を、僕は見間違《みまちが》えない。

漆黒《しっこく》の闇の中、雨上がりの森の中にたたずんでいるのは、傷だらけの赤い鱗をした、片方の牙のない凶悪《きょうあく》な竜《りゅう》の姿……その全身が、紫色の禍々《まがまが》しい光を放っている。

僕の手足が、震えだす。


——死の世界から蘇《よみがえ》った赤牙竜ガドは、夜の森で、僕らの前にその姿を現していた。

第二十章　別れと約束

（なんで、赤牙竜がここに……？　それも、あの紫の光をまとって!?）

僕は、震えながら、心の中で叫《さけ》ぶ。

赤牙竜の巨体《きょたい》は、暗黒の森の中をゆっくりと、こちらに向かって進んでくる。

その紫の光は、周囲を妖しく照らし、赤い巨体がぶつかった森の木々は、悲鳴のような軋《きし》み音を、闇の中に木霊《こだま》させる。

（……まるで悪夢の世界だ）

と、そんな呆然《ぼうぜん》とする僕の口を、白い何かが塞《ふさ》いだ。

「――むぐっ!?」

「しーっ。静かに、マール」

（イルティミナさんっ？）

彼女は低い姿勢で、その唇に人差し指を当てている。

そのまま後ろ手に戸を開けて、音を立てずに、僕を小屋の中へと引きずり込んだ。

白い手が離れ、「ぷはっ」と息を吐く。

イルティミナさんは、すぐに窓辺に身を隠しながら、窓の外の森へと鋭い視線を送る。

僕は唖然《あぜん》としながら、潜《ひそ》めた声で聞いた。

「イルティミナさん、起きてたの？」

「風が冷たくて……見たら、扉が開いていて、マールが外に出たのがわかりました」

「あ……ごめんなさい」

そういえば閉めるの、忘れてた。

彼女は笑う。

「いいえ。――それでマールを心配して、追ってきたのですが、しかし、まさか赤牙竜までいるとは思いませんでした」

「あれは、いったい何なの？」

「赤牙竜ガドは、アルドリア大森林の深層部で、息絶えました。恐《おそ》らく、その地に残された悪《あく》魔《ま》の魔力《まりよく》――闇のオーラの影響《えいきよう》を受けたのでしょう。その結果が、あれです」

ベキッ　ズズゥン
進路上の大木が、へし折られる。

黄色く濁《にご》った瞳には、もはや生気はなく、障害物を避《さ》けるという思考さえ見られない。

ダラリと開いた口からは、大量の唾液《だえき》がこぼれている。

「もはや、あそこにガドの意識はありません。あるのは、亡者《もうじゃ》の本能である、生者を襲い貪《むさぼ》ることだけです」

（…………）

ゴクッ
思わず、唾《つば》を飲む。

「わかった。じゃあ、気づかれない内に、早く逃《に》げよう。すぐに、ここから離れないと」

「いいえ。それは、もう難しいかもしれません」

（え？）

イルティミナさんは、少し悔《くや》しそうに言う。

「距離が近すぎるのです。赤牙竜の走力は、私よりも上です。そして、奴は私たちの気配に、もう気づいている」

「そんな」

「申し訳ありません。トグルの断崖《だんがい》で、マールが気にしていたのはわかっていました。なのに、この結論に思い至らなかった。私の判断ミスです」

そんなことない！

あの赤牙竜が甦《よみがえ》るなんて、いったい誰《だれ》が想像できたっていうんだ。

ブンブン首を振《ふ》る僕に、イルティミナさんは、小さく笑う。

不安を抱えながら、僕は、もう一つの道を聞いてみた。

「なら、戦う？」

（……あの闇のオーラをまとった、恐ろしい赤牙竜と）

けれどイルティミナさんは答えず、しばし黙《だま》り込んだ。

やがて、何かを決意したような表情で、部屋の隅に置いたリュックへと向かう。

そこから取り出した10センチほどの細い金属筒《きんぞくづつ》を、僕の手に握《にぎ》らせた。

「マール。貴方《あなた》はこれを持って、メディスの方角に向かいなさい」

「え？」

「これは、発光信号弾《はっこうしんごうだん》です。捻《ひね》れば、トリガーが出てきますので、空に向けて撃《う》ちなさい」

これを……空に？

「夜半なので確率は半々ですが、これに気づいてもらえれば、私の仲間のキルト・アマンデスと、ソルティス・ウォンが迎《むか》えに来てくれるはずです」

「キルトさんと、ソルティスさん？」

「はい。……ですが、撃つのは、メディスまで５０００メードの距離《きょり》に近づいてからです。それがメディスから確認《かくにん》できる限界距離でしょう」

僕は、手の中の金属筒を見つめる。

そして、彼女を見上げた。

「わかった。……でも、イルティイミナさんは？」

さっきから、僕の話ばかりで、自分のことは言わない。

イルティミナさんの美貌《びぼう》は、少しだけ悲しげに笑った。

「私は、ここで、あの赤牙竜の足止めをします」

「足止め⁉」

無茶《むちゃ》だ！

だって彼女は、前に赤牙竜と相討《あいう》ちで殺されかけて、しかも今のアイツは、闇のオーラで強化されてるんだよ⁉

（……勝ち目なんて）

でも、彼女は僕の目を見て、言い聞かせるように言う。

「奴は今、生者の気配を追っている。私たちのどちらかが、囮《おとり》にならなければなりません」

「な、なら――」

「マールでは、囮になりませんよ？」

「っっ」

「フフッ、心配いりません。逃げに徹《てっ》すれば、すぐにやられませんから、時間は稼《かせ》げます。その間に、貴方は、キルトとソルティスと合流し、こちらに連れてきてください。３人ならば、必ず、あの赤牙竜も倒せます」

ズズゥン
足元が揺れる。

奴が、森小屋に近づいているんだ。

イルティミナさんの言っていることは、正しい。

多分、それが一番、お互いの生存率を高める方法だ。

それでも、僕はすぐに頷《うなず》けなかった。

塔《とう》からメディスの街まで、４０００メードー……およそ40キロだと言っていた。

今日、半分進んでいたとしても、残り20キロ。

発光信号弾を撃てるのが、メディスから５キロなら、残りは15キロになる。

（夜の森を、15キロって……朝だよ？）

しかも、そこでイルティミナさんの仲間の２人を待って、そこから、ここまで戻《もど》らなければならない。

「ここまで戻ってくるのは、１日以上かかるよ？」

「わかっています」

頷いた彼女は、しゃがんで、僕の両肩《りょうかた》を掴む。

「この時期、『紅の月』は太陽と同じ軌跡《きせき》を描《えが》きます。それで、北を目指しなさい。――昼間の話、覚えていますよね？」

「うん」

「よろしい」

イルティミナさんは、笑って僕を抱きしめた。

「トグルの断崖で、貴方は言いました。『僕は、イルティミナさんを信じている』と。――私も、マールを信じているから、託《たく》すのです」

僕は、泣きたくなった。

それをグッと我慢して、言う。

「約束して？」

「え？」

「絶対に……僕が帰るまで、生きてるって」

僕のために、自分を犠牲《ぎせい》にしようなんて、考えて欲《ほ》しくない。

イルティイミナさんに、死んで欲しくない！

彼女は、驚《おどろ》いた顔をして、そして優《やさ》しく笑った。

その白い小指が、僕の小指に絡《から》まる。

「いいでしょう。――私、イルティイミナ・ウォンは、必ず生きて、貴方と再会いたします」

「うん」

見つめ合う彼女は、嬉《うれ》しそうだった。

僕も、無理に笑顔《えがお》を作って、頷いた。

そうして、僕らは覚悟《かくご》を決めて、一緒《いっしょ》に森小屋の中から、悪夢の森へと出ていった。

第二十一章　絶望の先に

「さぁ、行きなさい、マール！」

イルティミナさんの声に弾《はじ》かれるように、僕は、ランタンを片手に夜の森へと走りだす。

赤牙竜の巨体は、森小屋の正面――距離にして15メートルほどまでに、接近していた。

イルティミナさんは、白い槍《やり》を逆手に持ち、大きく振り被った。

翼飾りが解放され、中から美しい刃と魔法石《まほうせき》が現れる。

その真紅《しんく》の瞳と魔法石が光を放ち、彼女は、全力でそれを投擲《とうてき》した。

「シィッ！」

キュボッ
白い閃光《せんこう》は、狙い違《たが》わず、赤牙竜の右目を貫《つらぬ》く。

ドパアァン
衝撃《しょうげき》で眼球が弾けて――けれど、赤牙竜は、痛みを感じないのか、動揺《どうよう》することもなかった。

錆《さ》びた機械のように、首が傾《かたむ》き、残った左の眼球が、自分を攻撃《こうげき》した対象を補足する。

『グルァォオオオオッ！！！』

夜の闇を、咆哮《ほうこう》が切り裂《さ》く。

大地を蹴《け》って、赤牙竜が突進《とっしん》し、イルティミナさんはタンッと跳躍《ちょうやく》して、それを避ける。

ドゴォオオ
避けた先にあった丸太小屋に激突《げきとつ》し、小屋は積み木のように倒壊《とうかい》する。

柱や屋根の残骸《ざんがい》が、宙高くまで舞《ま》い上《あ》がった。

「白き翼《つばさ》よ、我《わ》が手に戻れ！」

右目の部分に突《つ》き刺《さ》さっていた、白い槍が、また閃光となって、空中にいた彼女の手に戻る。

彼女はそのまま、近くの木を蹴り、独楽《こま》のように回転しながら赤牙竜の頭上へと襲いかかった。

ガギィイイン
白い刃と赤い鱗《うろこ》が、激しい火花を生み出した。

「ちぃ……っ」

赤牙竜の上で、イルティミナさんは舌打ちする。

刃が通らない。

奴《やつ》は、そのまま大地を走り、彼女を挟《はさ》みこもうと大木へと激突する。

ぶつかる直前、彼女はまた跳躍し、「シィッ！」と空中から白い槍を投擲した。

ギィイン
また火花が散る。

それでも無傷の赤牙竜がぶつかった大木は、折れて地面に倒れ、激しい土埃《つちぼこり》が舞い上がった。

「…………」

遠目に見ても、魔狩人《まりゆうど》イルティイミナ・ウォンと赤牙竜ガドとの戦いは、凄《すさ》まじかった。

素早《すばや》いスピードで３次元にヒット＆アウェイを繰り出すイルティイミナさんに対し、赤牙竜は圧倒的《あっとうてき》なパワーでそれを捻《ね》じ伏《ふ》せようとする。

それは素人《しろうと》の僕が割り込む隙間《すきま》なんてない、まさに高レベルの戦いだ。

（でも、不利なのはイルティイミナさんだよね？）

彼女の攻撃は通用してないのに、赤牙竜の攻撃は１度でも喰《く》らえば、おしまいだった。

（だから、少しでも早く、僕が行かないとっ！）

ランタンの灯りに照らされる大地を、僕の足は、必死に必死に駆《か》けていく。

ドパァン　ドゴォオ　ズズゥン……

段々と遠くなっていく戦いの音が、怖《こわ》くて、恐ろしくて、僕は祈《いの》るような気持ちで懸命《けんめい》に走り続けた。

◇◇◇◇◇◇

——どれくらい、時間が経ったのか。

「はぁ……はぁ……はぁ」

僕は、乱れた呼吸のままに、森を進む。

あれから、何度、転んだかわからない。

雨上がりの森で、僕の全身は、もうドロドロに汚《よご》れていて、転んで打った部分も痛くて堪《たま》らない。

それでも、足は緩められなくて、

(紅《あか》い月は……?)

時折、木々の隙間から、2つの月の位置を確認する。

紅い月は、僕の背中側——昼間の太陽の位置と比べれば、方角がわかるから、

「だから……北は、こっちだ」

焼ける肺に、酸素を取り込み、悲鳴を上げる心臓に鞭打《むちう》って、また走りだす。

いや、走っているつもりだけど、もうほとんど歩きと変わらない。

あぁ、なんで僕は、こんな子供の肉体なんだ?

体力もなく、手足も短い。

イルティミナさんの健脚《けんきゃく》とまではいかなくても、もう少し、速く走れてもいいじゃないかっ!

(……がんばれ! もっと動いてくれ、僕の足っ!)

でも今は、その悔しい感情も、力に変えて走る。

それしかない。

『――私も、マールを信じているから、託すのです』

だって、託された僕《ぼく》にできるのは、それだけだから。

タッ　タッ　タッ

「はぁ、はぁ、はぁ」

夜の森に、僕の足音と呼吸音だけが聞こえている。

だけど、いつからだろう？

タッ　タッ　タッ　ヒタ　ヒタ　ヒタ

「はぁ、はぁ、はぁ」『フッ、フッ、フッ』

それに、何か別の音が重なる。

（何かいる⁉　後ろから、近づいてきてるっ？）

気づいても、僕は足を緩められない。

その間にも、違う足跡《あしあと》はどんどんと増えていく。

２つ、３つ、４つ……どこまで増えるの⁉

恐怖《きょうふ》を堪《こら》えながら走っていると、その内の１つが僕の横に並んだ。

「まさか、邪虎《じゃこ》っ⁉」

ランタンの灯りに照らされる姿は、紛《まぎ》れもない、猿《さる》のような狐《きつね》の魔物《まもの》だった！

驚く僕の顔を見て、奴は笑ったようだった。

次の瞬間《しゅんかん》、その黒い魔物は、僕目がけて跳躍する。

「うわっ⁉」

ドンッ

激突の衝撃で、僕は地面に転がり——その左腕《ひだりうで》に、激痛が走った。

邪虎の鋭《するど》い牙《きば》で、噛《か》みつかれたのだ。

強い痛みに脳が焼け、皮膚《ひふ》が破れて、血が溢れたのを感じる。

（っっっ！）

反射的に、右手で殴《なぐ》った。

ガツッ

『ギャッ！』

悲鳴を上げて、邪虎は離《はな》れた。

痛みを堪えて、僕は、慌《あわ》てて跳《は》ね起《お》きる。

でも、その時にはもう、足を止めてしまった僕の周囲は、他の邪虎たちによって囲まれていた。

その数、７匹《ひき》。

「やめてくれよ……今は、君たちの相手をしてる暇《ひま》は、ないんだ！」

僕は、荒《あら》い呼吸のまま、懇願《こんがん》する。

もちろん、通じる訳がない。

邪虎たちは、ただ『お前を喰うぞ』、『喰わせて？』、『早く喰いたい、喰いたい』という感情を瞳《ひとみ》に宿して、僕への包囲網《ほういもう》を縮めていく。

（くそっ、イルティミナさんが待ってるのにっ！）

また一匹、飛びかかってきた。

右手で叩《たた》き落《お》とす。

でも、その隙《すき》に、別の一匹が、足に噛みついた。

このっ！

返す右手で、また殴る。

離れた。

今度は、左から２匹同時に襲《おそ》ってくる。

傷ついた左腕を振り回して、追《お》い払《はら》った。

でも、それだけで泣きそうなほど痛い。

「はぁ、はぁ……邪魔《じゃま》だ！」

僕は、奴らを無視して、走りだした。

邪虎たちは、すぐに追いかけてくる。

（駄目《だめ》だ、振り切れない！）

次の瞬間、背中から飛びかかられて、僕は地面へと引きずり倒された。

「あ」

衝撃で、手の中からランタンと――発光信号弾の金属筒が転がり落ちる。

慌てて、伸《の》ばした腕を、思い切り噛みつかれた。

ガブッ

「――――」

痛みと焦《あせ》りで、視界が赤く染まった。

瞬間、僕は無意識に、腰ベルトから片刃《かたは》の短剣《たんけん》を――『マールの牙』を抜いていた。

ドスッ

刃は、驚くほど簡単に、邪虎の腹部に吸い込まれる。

重い手応《てごた》え。

切り裂いた肉と刃から、邪虎の心臓の鼓動《こどう》が伝わる――それが、急に止まった。

牙が離れて、噛みついた邪虎は、地面に転がった。

その口から、紫色の血液がトクトクと溢れだした。

僕の手には、紫《むらさき》の血を滴《したた》らせる、銀色の刃が輝《かがや》いている。

――時間が、停止したようだった。

（……殺した？）

僕が、殺してしまった？

目の前に倒れている命を、僕は、奪《うば》っていた。

初めて自分のこの手で、ただ生きるために必死だっただけの生物を、その生命を食べるためでもなく、怒《いか》りに任せて当然のように消していた。

そんな自分に衝撃を受け、僕は『マールの牙』を両手で持ったまま、立《た》ち尽《つ》くす。

けれど、嘆《なげ》く暇はなかった。

仲間を殺された邪虎たちは、逃げることもなく、怒りに目を血走らせ、一斉《いっせい》に襲いかかってきたのだ。

「う、わ、ぁあああああっ！」

僕は、無我夢中《むがむちゅう》になって『マールの牙』を振り回した――。


右から襲ってきた奴の腕を、斬《き》り落とした。

僕の左ふくらはぎに、噛みつかれた。肉が千切られたような気がする。

斬り返す前に逃げられて、背中から飛びかかられた。逃げられないよう、左手で押さえて、その首に『マールの牙』を突き刺す。

倒れた僕へと飛びかかって来た別の邪虎に、その死体を投げつける。

ひるんだソイツへと、僕が飛びかかって、その顔面に『マールの牙』を思い切り振り下《お》ろした。

同時に、僕の耳を、別の邪虎が食い千切る。
傷ついた左手で、殴りつけた。
避けられる。
追いかけて、その足を斬り飛ばした。
その僕の両足を、邪虎2匹が、同時に噛みついた。
泣きながら、僕は『マールの牙』を振り回して、その1匹の背中を斬り裂いた。
斬って、噛まれて、殴って、千切られて、また斬って――。
…………。
………………。
…………………………。
気がついたら、僕は、血の海に一人、倒れていた。
「…………」
周りには、邪虎の死体が転がっている。
全部、殺したのか、それとも、残りに逃げられたのか、よくわからない。
(そうだ……発光信号弾を)
イルティイミナさんが待っているんだ。
モゾモゾと、芋虫《いもむし》のように地面の上を這《は》っていく。

転がるランタンの灯《あか》りに照らされて、金属製の筒は、キラキラと輝いている。
（あった、よかった）
僕は、それを掴もうと手を伸ばす。
そこには、人差し指がなかったけれど、気にもならなかった。
なんとか掴んで、立ち上がろうと思った。
メディスから5キロの距離までは、まだまだ歩かなければならない。
「あ……れ？」
でも、足に力が入らなかった。
寒くて、寒くて、全身から力が抜けていく。
（駄目だよ、イルティミナさんもがんばってるんだ。僕も、がんばらないとっ！）
よろめきながら、立ち上がって、
ズシャッ
転んだ。
また立ち上がろうとして、
ズシャッ
また転んだ。
何度やっても、上手《うま》く立てない。
なんでだろう？

見たら、両足ともボロボロだった。

指や肉が、全然、足りない……。

僕は泣いた。

歩けなかった。

僕はもう、これ以上、歩いていけなかった。

「……ごめん。イルティミナさん、ごめんなさい」

信じてくれた人を、僕は裏切ることになる。

キラキラした発光信号弾の筒の下側を、僕は捻った。

カシュッ
側面から、引金《トリガー》が飛び出した。

人差し指がなかったので、中指をあてがう。

僕は、天に向かって、それを構えた。

メディスからは、見えないかもしれない。

でも、せめてイルティミナさんには、伝えなければいけなかった――僕が失敗したことを。

この発光信号弾の光を見たら、彼女はきっと気づくだろう。

もう、僕のために足止めをする必要はない。

それに、もしかしたら彼女なら、戦いながらでも、メディスまで逃げ切れるんじゃないか？

そんな甘《あま》い希望も夢見ていた。

「……ごめんなさい、イルティミナさん。マールは失敗しました」

泣き笑いで告げて、僕は引き金を引いた。

シュポッ　パァアアアン
打ち上げ花火のように、光る弾丸《だんがん》が射出されて、森の木々の遥《はる》か高みで弾けた。

まるで、夜に生まれた太陽のように、その輝きはアルドリア大森林を照らしている。

「……あぁ、綺麗《きれい》だなぁ」

状況《じょうきょう》も忘れ、そんなことを思った。

その輝きは、10分ほど、夜空に煌《きら》めいていた。

このまま、僕は死ぬのだろうか？

魔法のペンダントで復活するとしても、僕とイルティミナさんの様子を見ると、目覚めるまでには何時間もかかりそうだった。

その間に、また邪虎や他の森の魔物に襲われて、喰われてしまうだろう。

何の意味もない。

（……転生マールの人生は、ここで終了《しゅうりょう》かな？）

「あはは……」

絶望と諦《あきら》めに小さく笑って、僕はまぶたを閉じた――その時だった。

◇◇◇◇◇◇◇

「――あれ？　なんか、子供が倒れてるよ？」

誰かの声がした。

まだ幼い、女の子の声だ。

「ほぅ？　発光信号弾を撃ったのは、この小僧《こぞう》か？」

また声だ。

今度は、もっと落ち着いた大人の女性の声だ。

僕は、重いまぶたを懸命に開く。

そこにいたのは、ランタンを手にして、ローブを頭まで被《かぶ》った2人分の人影《ひとかげ》だった。

陰《かげ》に隠《かく》れて、顔は見えない。

誰だろう？

（いや、誰でもいいんだ）

小さい方の影《かげ》がしゃがんで、僕の頭をツンツンとつつく。

「この子、死にかけてるね？　助ける？」

「いや、放っておけ。仮に助けても、人探し中のわらわたちに、子供を連れて歩く余《よ》裕《ゆう》はない。

申し訳ないがの」

「そだね。――ごめんね」

影が立ち上がる。

そのまま遠くなるローブの端《はし》を、僕は、必死に掴《つか》んだ。

ガクンッ
「にょわっ⁉」

転びそうになった影が、悲鳴を上げる。

振り返った2人に、僕は掠《かす》れる声で訴《うった》えた。

「お願い……助けて」

2人は、顔を見合わせた。

小さな影は、ローブを引っ張るけれど、僕は残った力を振り絞《しぼ》って絶対に離さない。

困ったように、大きい影を見上げる。

「どしよ？」

「ふむ。――坊主《ぼうず》。すまぬが、わらわたちは、そなたを助けられぬ」

違う……。

「僕じゃない」

「？」

「この奥《おく》で、戦ってるんだ。……彼女《かのじょ》を、イルティミナさんを助けてっ！」

ゲハッ

叫んだ拍子《ひょうし》に、口から血が溢《あふ》れた。

2人の影は、硬直《こうちょく》した。

そして、背の高い方の影が、僕の前へと片膝《かたひざ》をついてしゃがみ、頭部を覆《おお》っていたローブを外した。

銀色に煌めく長い髪《かみ》が、こぼれ落ちてくる。

月光に照らされて、そこに現れたのは、イルティイミナさんにも負けない美貌。

「坊主……今、イルティミナと言ったな？」

「お願い、お願いします……助けて、あの人を……お願い」

うわ言のように繰り返す。

銀髪《ぎんぱつ》の美女は、「ふむ」と頷いた。

「ソルティス、回復魔法をかけてやれ」

「う、うん！」

小さい影が頷き、頭のローブを外す。

こぼれ出たのは、軽くウェーブのかかった紫色の綺麗な髪だ。

まだ幼さの残る美貌は、僕と同じぐらいの年齢《ねんれい》に見える。

彼女は慌てたように、ローブの下から取り出した杖《つえ》を、両手で構えた。

彼女の身長よりも、ずっと大きく、捻じれたような木製の杖だ。

先端《せんたん》には、大きな魔法石があり、杖はそれに根が絡むように繋《つな》がっている。

その魔法石が、緑色に輝き始めた。

コツン
僕の頭に、その杖の先端が押《お》し当《あ》てられる。

「アンタ、イルナ姉のこと、知ってるのね？　すぐ傷を塞ぐから、全部、喋《しゃべ》りなさいよ！　――ラ・ヒーリォム」

（……イルナ姉⁉）

ドクンと、心臓が跳ねた気がした。

同時に、杖の触《ふ》れた場所から、暖かな何かが流れ込んでくる。

それは、すぐに全身に行《い》き渡《わた》って、痺《しび》れるような熱さが満ちていく。その熱さに溶《と》かされるように、脳を焼き続けていた痛みが消えていく。

（回復魔法……これが！）

寒さが消えて、手足に力がこもった。

僕は、呆《ほう》けたように身体を起こして、地面に座《すわ》った。

自分の両手を見る。

失われた指が、戻っていた。

「あ、ありがとう……」

僕は、神の奇跡《きせき》を見た子羊のように、彼女たちを見返した。

（まさか、この2人は……もしかして）

紫髪《むらさきがみ》の少女は、両手で持った大杖を肩《かた》に預けて、得意げな顔をしている。

銀髪の美女は、その少女の肩に片手を置き、

「まずは名乗ろう。わらわたちは『冒険者《ぼうけんしゃ》ギルド・月光の風』に所属する魔狩人――名は、キルト・アマンデス」

「ソルティス・ウォンよ♪」

こんなことって、あるのだろうか？

血の海に満たされた夜の森。

その絶望の闇《やみ》の中で、僕はこうして、イルティミナさんの仲間たちと出会ったのだ。

「『名前はマール』、『森でイルティィミナさんと出会った』、『一緒に森を出る途中《とちゅう》で、闇のオーラの赤牙竜ガドに襲われた』――って、阿呆《あほ》かぁああっ！　そもそも、なんで、子供が１人で森にいるって話よ!?」

「だ、だから、それは記憶喪失《きおくそうしつ》で……っ」

「そんな都合のいい話、信じられるわけないでしょーがっ！」

そ、そうかな？

(でも、イルティィミナさんは、信じてくれたのに……)

ソルティスさん――いや、もう呼び捨てでいいや――ソルティスの迫力《はくりょく》に負けて、僕は少々、落ち込んだ。

だって本当なんだから、それ以上に、どう説明しろっていうんだよ？

と、

「――２人とも、黙《だま》れ」

空気が重く、鉄のように固まった気がした。

「喋る暇があるなら、足を動かせ、ソル。少しずつ、遅《おく》れておるぞ？」

「ご、ごめん」

キルトさんの黄金の眼光に、ソルティスは、タジタジだ。

そして、その視線は、僕も射抜《いぬ》く。

ゾッと、背筋が凍《こお》った。

「マールといったな。わらわも、そこまで、そなたの話を鵜呑《うの》みにはしておらぬ。真実は、イルティイミナを見つけ出してのち、本人の口から聞こう。本当ならば、それで良い。じゃが、もし違《たが》えていたならば――」

「…………」

「そなた、無事で済むと思うな？」

本気だった。

キルトさんの瞳には、明確な殺気がある――邪虎との殺し合いをしたから、それがよくわかった。

僕は、神妙《しんみょう》に頷《うなず》いた。

「その時は、殺して」

「…………」

「僕は、イルティミナさんに助けてもらったんだ。だから、その仲間の2人に嘘なんてつかない。――それに、イルティミナさんを騙《だま》すような自分なら、殺してもらった方がいい」

キルトさんが「ほぅ？」と呟《つぶや》き、ソルティスも驚いた顔をする。

自分でも驚くほど、度胸が据《す》わっていたと思う。

でも、本心だった。

（あの人の優しい笑顔を裏切るなんて、二度とごめんだよ）

今回のメディスから5キロまで辿《たど》り着《つ》けなかった裏切りは、2人に出会えたことで帳消しになったけれど、それ以上のことは、もう起こしたくないと思う。

（……あれ？）

そこで僕は、そもそもの疑問を思い出した。

「あの……僕からも一つ、聞いていいかな？」

「なんじゃ？」

「2人は、どうしてあそこに？　イルティミナさんからは、メディスにいるって聞いてたのに……」

「そんなの決まってるでしょ？　イルナ姉を探してたのよ！」

『貴方《あなた》、馬鹿《ばか》なの？』――視線が告げている。

豊かな銀髪を揺らして、キルトさんが頷いた。

「ただの遭難《そうなん》にしては、イルナが、あまりに戻《もど》って来ぬのでな。宿の主人に伝言を頼《たの》み、わらわたちはここ3日ほど、アルドリア大森林の捜索《そうさく》に出ていたのじゃ」

（そうだったんだ？）

ただキルトさんは、少し顔をしかめて、

「しかし、さすがに『トグルの断崖』の方まで行っているとは思わなかったがの。道理で見つからぬわけじゃ」

「本当よね。しかも、そこに発光信号弾《はっこうしんごうだん》が上がって、イルナ姉かと思って急いで駆けつけたら……まさかの死にかけボロ雑巾《ぞうきん》の餓鬼《がき》がいるだけだしさぁ」

（なるほどね）

その死にかけボロ雑巾だった僕は、大いに納得して頷いた。

そして、ちょっと嬉《うれ》しかった。

（イルティミナさん、ちゃんと心配されてたんだね。……よかった）

キルトさんは怖いし、ソルティスは口が悪くて生意気な子だった。

でも、2人とも、イルティミナさんのことを必死に探していたし、やっぱり、いい仲間だったんだと思う。

だから、きっとこの2人も、本当は『いい人』なんだと思った。

「何、ニヤついてるのよ、ボロ雑巾？　気持ち悪ぅ～い」

「………………」

……うん、きっと『いい人』なんだ、きっと。

拳《こぶし》を震《ふる》わせながら、怒りを飲み込み、自分の心を鎮《しず》めようとがんばる僕。

キルトさんは苦笑《くしょう》し、それから息を吐《は》く。

そして、上げられた美貌《びぼう》には、もう緩《ゆる》んだ様子はなくなっていた。

「よし、もう少し速度を上げるぞ。――ソル、『光鳥《こうちょう》』を飛ばして、視界を広げよ」

「ん、了解《りょうかい》！」

走りながら、ソルティスは、背中の大杖をその手に握《にぎ》る。

ヒュンヒュン

大杖が、文字を描《えが》くように空中に振《ふ》るわれると、中央の魔法石《まほうせき》が白く輝きだした。

大きく振り被って、その輝く大杖を、前方へと振り下ろす。

「私たちの前を飛びなさい、『ライトゥム・ヴァードゥ』！」

ピィイイン
鳥の鳴き声のような音がして、魔法石から、白く輝く光でできた鳥が飛び出した。

（おぉ⁉）

それは翼《つばさ》を広げ、僕らの前方を飛翔《ひしょう》する。

その輝きは、ランタンの灯りよりも強く、広く、周囲の森を照らして、夜の闇を払ってくれていた。

「凄《すご》い……」

目を瞠《みは》る僕に、彼女は「にょほほ♪」と得意げに笑った。

「尊敬していいのよ、ボロ雑巾？」

「うん、尊敬する！　凄いね、ソルティスって」

「…………。ま、まぁね～」

なぜか彼女は、そっぽを向いて、自分の小さな鼻をかき始めた。

（？　どうしたんだろう？）

キョトンとする僕。

そんな僕らの耳に、

「無駄口《むだぐち》は終わりじゃ。――行くぞ」

キルトさんの鉄のような声が告げた。

ドドンッ
(わっ⁉)

途端《とたん》、まるで砲弾《ほうだん》のように、彼女の速度が上がった。

もう息ができないレベル。

ソルティスも、もう喋る余裕がないようで、必死の表情で追いかけてくる。

僕も、風圧に負けないように、姿勢を整える。

(待っててね、イルティミナさん！　すぐ行くからっ！)

心の中で、遠いあの人に呼びかけた。

そして、僕と2人の美しい『魔狩人《まりゅうど》』は、『光鳥』の輝きに導かれ、『アルドリア大森林』の深い闇の中を、凄《すさ》まじい速度で疾駆《しっく》していった。

「…………」

その真紅《しんく》の瞳《ひとみ》は、熱く潤《うる》んでいる。

その視線が妙《みよう》に色っぽくて、艶《つや》っぽくて、僕は、なんだかドギマギしてしまった。

そんな僕らの様子を、キルトさんは黄金の瞳を見開いて、驚いたように見つめていた。

それから、美貌を歪《ゆが》めて、困ったようにガシガシと豊かな銀髪をかく。

ガラッ　ガガァン
激しい音がして、僕らはハッと振り返った。

倒木を蹴散《けち》らして、紫色の光を放つ赤牙竜ガドが、その2本足で巨体を起き上がらせていた。

夜の森にそびえる10メートル級の巨体は、まさに悪夢のような姿だ。

キルトさんの一撃《いちげき》を浴びた腹部は、傷口が焼け焦げ、中から内臓がデロンと飛び出している。

それでも、痛みを感じている様子はまるでなく、ただ濁《にご》った黄色い眼球が、僕らを見つめていた。

「嘘ぉ……あれで、生きてるのぉ？」

ソルティスが驚き、気持ち悪そうな顔をする。

その美しい姉であるイルティミナさんが、そんな妹の言葉を否定するように、長い髪を揺らして首を横に振った。

「とっくに死んでいますよ。闇のオーラの影響《えいきよう》で、動く死体となっているにすぎません。それを停止させるには、その肉体のほとんどを破壊《はかい》する必要があるでしょう」

「マジかぁ～」

嘆《なげ》くソルティス。

と、その時、
ドンッ
突然、キルトさんが、大剣を地面に叩きつけた。

空気が一瞬《いっしゅん》で、鉄のように張《は》り詰《つ》めた。美人姉妹の表情も、緊張感《きんちょう》で一気に引き締《し》まる。

「――無駄口は、そこまでじゃ」

彼女たちのリーダーが告げ、黄金の瞳が2人の仲間たちを見る。

「イルティミナ、まだ動けるな？」

「無論です」

「ソル、魔力《まりょく》は大丈夫《だいじょうぶ》か？」

「まだ平気よ。大きい魔法なら、2発までいけるわ」

キルトさんは、「よし」と大きく頷いた。

その黄金の瞳に、強い殺意が生まれ、恐《おそ》ろしくも美しい煌めきが赤牙竜へと向けられる。

「ならば、いつも通りじゃ。恐れる必要も、侮《あなど》る油断も捨てよ！　――我らは、これより闇のオーラの赤牙竜ガドを狩《か》る！」

『グルァォオオオオオオオッッッ！！！』

鉄の声の宣戦布告に呼応するように、赤牙竜の雄叫《おたけ》びが、アルドリア大森林に響《ひび》き渡った――。

第二十四章　激突、赤牙竜《せきがりゅう》！

魔狩人《まりゅうど》キルト・アマンデスは、大きく息を吐くと、その手に握った大剣の柄《つか》を、強く握り締める。

グギュッ
皮と擦れる音が鳴り、彼女は、その超重量武器を∞の字を描くように大きく振り回し、その肩へと担《かつ》いだ。

「行くぞっ、ガド！」

ドンッ
大地を吹き飛ばし、彼女は、弾丸《だんがん》のように走って、赤牙竜ガドへと襲《おそ》いかかった。

イルティミナさんが、僕の背中を強く押す。

「マール、貴方も走って！　早く、安全な場所へ！」

「う、うん！」

強い声に叩かれたように、僕は慌《あわ》てて、キルトさんとは反対方向に走りだす。

ソルティスの横を通り抜け様《ざま》、彼女の唇《くちびる》が小さく「役立たずぅ」と動き、からかうように笑《え》みを作った。

すぐに起き上がって、倒木の上から目線だけを覗《のぞ》かせる。

僕は、離れた場所にある大きな倒木の陰《かげ》へと、下の隙間《すきま》から滑り込むようにして隠《かく》れた。

でも、本当だったし、反論してる余裕《よゆう》もない。

(う……くっそぉ)


「よっ」

タンッ
と、ソルティスの小さな身体が、高く軽《かろ》やかに5メートルほど後ろへ跳躍した。

トンッと着地したのは、見晴らしの良い倒木の上……というか、僕の隠れている倒木の上だった。

唖《あ》然《ぜん》としている僕に、少女は、前を向いたまま言う。

「アンタ、そこでジッとしてなさいよ」

「……ソルティス?」

もしかして、僕を守ってくれるつもりだろうか?

答えることなく、ソルティスは、手にした大杖を舞うように動かし始めた。

大きな魔法石が光の軌跡《きせき》を描いて、空中に、魔法の文字が、光の残像として残されていく。

(これは、タナトスの魔法文字!?)

33文字を暗記した僕にはわかる。

けれど、それに驚いている間にも、状況《じょうきょう》は動いていく。

僕が離れたことを確認《かくにん》したイルティィミナさんは、キルトさんとは対照的に、赤牙竜ガドを中心にして円を描くように、一定の距離《きょり》を保つようにしながら走りだす。

手にした槍は、逆手に持たれて、いつでも投擲《とうてき》可能な体勢だ。

そしてついに、キルトさんは、赤牙竜ガドと接敵する！

『グルォァアアアッ！』

真正面から向かってきた獲物《えもの》に対して、赤牙竜ガドも、紫《むらさき》の残光を残しながら、その巨大な曲牙《きょくが》を叩きつけるように、10メートルの高さから巨大な頭を落とした。

迎《むか》え撃《う》つように、キルトさんは、直前で独楽《こま》のように一回転して、

「ぬんっ！」

巨大な大剣を斜《なな》め下《した》から、振り上げる。

バギィイイイイン
その両者が激突《げきとつ》した瞬間、大剣の中の稲妻が放電して、世界が青く染まった。

輝《かがや》きが消えたあとには、大木を容易《たやす》くへし折る恐ろしい赤牙竜の一撃を、雷《かみなり》の大剣で受け止めている魔狩人キルト・アマンデスの姿があった。

その両足は、地面の中に食い込み、けれど、それ以上は沈《しず》まない。

その美貌に、野性的な笑みを浮《う》かべる彼女《かのじょ》は、その小柄な体躯《たいく》でありながら、あの赤牙竜ガドとの力比べで、互角《ごかく》に渡り合ってみせたのだ。

（な、なんて力なの……っ!?）

開いた口が塞《ふさ》がらない。

ギギィイ……ッ
大剣と曲牙の接触面《せっしょくめん》が、軋《きし》むような音を響かせる。

と——突然、その大剣が斜めに傾《かたむ》き、キルトさんの身体が横に、フッと動いた。

『⁉』

ズズンッ
いなされた赤牙竜の頭部は、そのまま地面に突き刺さる。

「むんっ！」

返す刀で、キルトさんは、雷の大剣を、がら空きとなった赤牙竜ガドの首筋へと振り下《お》ろす。

バチィイイイイン
稲妻が散り、世界が青く染まった。

赤牙竜のたてがみは、弾《はじ》け飛び、けれど、その下にある赤い外皮は、無傷のままだった。

「ぬっ？」

刃《は》が通らない。

キルトさんの黄金の瞳には、その赤い体表を覆《おお》う、紫色の光が映っている。

次の瞬間、赤牙竜ガドの頭部が、至近距離のキルトさん目がけて振り回された。

辛《かろ》うじて、キルトさんは大剣を盾《たて》にして、それを受ける。

けれど、彼女の小柄な体は、10メートル以上も吹き飛ばされた。

空中で、猫《ねこ》のように回転して、彼女はなんとか着地する。

その着地点目がけて、赤牙竜は、突進していき、閃光《せんこう》となって直撃した。

「シィッ！」

ギャリィイイン
その側頭部に、イルティミナさんの放った白い槍が、閃光となって直撃した。

激しい火花が散り、赤牙竜は、たたらを踏む。

その赤い鱗《うろこ》には、傷一つなく、けれど、キルトさんへの追撃《ついげき》は中断された。

赤牙竜ガドの濁った黄色い瞳は、今度は、自分を攻撃《こうげき》したイルティミナさんを捉えて、巨体はそちらに向き直った。

「甘《あま》いわっ！」

瞬間、視線の外れた赤牙竜へと、キルトさんが漆黒《しっこく》の風となって襲いかかる。

立ち上がった赤牙竜の後《うし》ろ脚《あし》、その鋭《するど》い鉤爪《かぎづめ》のある指へと、大上段から黒い大剣が振り下ろされる。

バチィイイイン
稲妻が弾《はじ》けた。

赤牙竜の脚の指は、やはり斬《き》られることはなく、けれど、恐ろしい威力《いりょく》によって、完全に押《お》し潰《つぶ》される。

だが、痛みを感じぬ赤牙竜は、すかさず巨大な前脚《まえあし》を、キルトさんを追《お》い払《はら》うように振り回した。

キルトさんは、身体を捩じらせ、しゃがみ込みながら、大剣を振るう。

ガギィン
巨大な前脚は、軌道《きどう》を逸《そ》らされて、キルトさんの銀色の前髪《まえがみ》を数本奪《うば》って、通り抜けていく。

「シィッ！」

ドパァアアアン
その横っ腹にタイミング良く、イルティミナさんの白い槍が閃光となってぶち込まれた。

大剣のいなしと白い槍の一撃――それらを同時に受けた赤牙竜ガドは、その巨体のバランスを崩《くず》して、仰向《あおむ》けになりながら、近くの大木に激突する。

「今じゃ、ソルっ！」

「わかってるわ！　――怒《いか》れ、樹冠《じゆかん》の王！　あの竜《りゆう》をやっつけるのよ！　『ド・ルアードゥ』！」

ヒィイン
大杖《おおづえ》の魔法石が、緑の光を放って、タナトス魔法文字を描き出す。

空中に浮かんだ、緑色の光をした魔法文字は、吸い込まれるように赤牙竜のぶつかった大木へと飛び込んだ。

その大木の表面に、人の顔が浮かんだ。

『オォォオオオ……ッ』

その巨大な人面樹は、長い枝を触手《しよくしゆ》のように伸《の》ばして、赤牙竜の巨体へと絡《から》みつける。

もがく赤牙竜を、幹に開いた大きな口へと、飲み込み始めた。

「樹冠の王！　そのまま、絞《し》め殺《ころ》して！」

ソルティスの口が、物騒《ぶっそう》なことを叫ぶ。

そして、それに応《こた》えるように、人面樹は枝を巻きつけながら、その体内に赤牙竜ガドの巨体をめり込ませていく。

どれほどの圧力が加わっているのか、枝が締めつける部分の赤い鱗が、ビシビシと音を立てて、ひび割れ始めた。

そのまま、行くのかと思った瞬間、

『グルァォオオオオオッ！！』

紫の光を放ちながら吠《ほ》えた赤牙竜が、人面樹に噛《か》みついた。

ベキッ　バギギッ……ベギィイイン
恐るべき咬殺力は、人面樹の幹をへし折った。

破片《はへん》が舞い散《ち》り、悲鳴のような音を立てて、大木は地面に倒れる。

人面樹の顔は、苦悶《くもん》の表情を浮かべて、ゆっくりと消えていく。

触手のように動いていた枝は、まるで枯《か》れたような灰色に変わって、その動きを止め、パキパキと壊《こわ》れていった。

「う、嘘……樹冠の王が、負けた？」

ソルティスが、茫然《ぼうぜん》と呟く。

赤牙竜ガドは、灰色の巨木《きょぼく》を破壊しながら、半分飲み込まれた身体を、地面の上に引きずり出していく。

「……闇《やみ》のオーラか」

キルトさんが、眉間《みけん》にシワを寄せながら呟いた。

闇のオーラ。

闇の眷属《けんぞく》を強化する、悪魔《あくま》の魔力。

それはきっと、赤牙竜ガドの身体能力だけでなく、魔法耐性《まほうたいせい》も増加させているように思えた。

僕は、少し考える。

そして、目の前の少女に、質問してみた。

「ねぇ、ソルティス？　君は、太陽の光って、魔法で出せない？」

「は？」

いきなり何言ってるの、コイツ？

そんな目をされる。

でも、僕は構わず、続けた。

「深層部にいた時、僕は一度も、昼間に『闇のオーラの魔物《まもの》』を見たことがないんだ。だから、もしかしたら『闇のオーラ』って、太陽の光に弱いんじゃないかと思って」

「…………」

怪訝《けげん》だったソルティスの瞳に、段々と理解の色が浮かぶ。

ソルティスは数秒ほど考え込む。

そして、キルトさんと姉に、叫《さけ》ぶように言った。

「キルト、イルナ姉、もう1発やってみるわ！　成功したら、とどめをお願い！」

「ふむ。よかろう」

「わかりました」

2人の仲間は、ソルティスを信頼《しんらい》しているのか、即答《そくとう》で頷いた。

そうして幼い彼女は、呼吸を整え、

「成功したら、私の手柄《てがら》。失敗したら、ボロ雑巾のせいよね？　うん、それで、いいわ」

「…………」

責任転嫁《せきにんてんか》も甚《はなは》だしい……でも、彼女の集中を乱さないために、僕はグッと我慢《がまん》の子だ。

ヒュンヒュン
大杖が、また空中にタナトスの魔法文字を描いていく。

中央の魔法石は、紅《あか》い輝きだ。

キルトさんの雷の大剣《たいけん》が、灰色の巨木から抜《ぬ》け出そうとした赤牙竜の横《よこ》っ面《つら》に、ぶち込まれた。

ズガァアアアン
雷が弾けて、世界が青く染まる。

赤牙竜《せきがりゅう》の首が、本来なら折れている角度まで曲がる。

けれど、すでに死んでいる赤牙竜は、ギギィ……とその首を戻して、何事もなかったかのように、灰色の巨木から抜け出していく。

（本当に不死身じゃないか……っ！）

なんという化け物だ。

イルティミナさんが、近くにある何本もの大木に向かって、『白翼の槍』を一閃《いっせん》した。

根元から斬られた木々は、まるで競《きそ》い合うように、赤牙竜ガドへと倒《たお》れ込む。

ドゴゴッ　ドゴゴゴォオオン
下敷きになった赤牙竜は、けれど、木々の隙間から紫の光を吹きだして、恐るべき怪力《かいりき》でそれらを払いのけ、また赤い巨体を悪夢のように立ち上がらせた。

弾け飛んだ倒木を、イルティミナさんは空中に跳躍して避け、キルトさんは大剣で弾く。

ズゥン　ズゥン……

赤牙竜ガドは、２人の魔狩人に向かって、ゆっくりと前進する。

（ソルティス、まだなの……!?）

「ふぅぅ……」

焦《あせ》る僕とは裏腹に、ソルティスは、長く息を吐きながら集中を高め、その柔《やわ》らかそうなウェーブのある紫色の髪《かみ》が空中へと浮かび上がっていく。

不思議な風のようなものを、ソルティスから感じる。

（もしかして、これが……魔力？）

ふとそんな風に思った。

その瞬間、閉じていたソルティスの真紅の瞳が、大きく見開かれた。

「選ばれし太陽の子らよ！　悪魔の加護を、あの竜ごと焼き尽《つ》くせ！　――『ラー・ヴァルフレア』！」


大杖が、大きく横に薙ぎ払われた。

魔法石の描いた紅い光は、７つの魔法文字となり、それは炎《ほのお》の文字に変わる。

炎の７文字は渦《うず》を巻き、小さく小さく集束しながら、その光度を高めていく。

やがて、ゴルフボールほどの大きさになった７つの火球は、赤牙竜の上空を回転し、まるで小さな太陽のように、夜の森を眩く照らした。

その輝きに気づいて、赤牙竜ガドが頭上を見上げた。

――その瞬間だった。

凝縮《ぎょうしゅく》された高エネルギーの７つの火球から、突然《とつぜん》、放射状の炎が噴《ふ》き出し、凄まじい勢いで赤牙竜へと襲いかかった。

『ゴルォア……ッ⁉』

太陽フレアのような炎の波に、赤牙竜の全身が飲み込まれる。

森の木々が焼かれ、草木は、一瞬で黒炭になり、世界は昼間のように明るくなった。

そのただ中で、悶《もだ》える赤牙竜の全身を包み込む闇のオーラが、太陽のような魔法の炎によって浄化《じょうか》されるように消えていく。ジュウジュウと肉の焼ける臭いと音が、森の中に響き渡《わた》る。

「よっしゃ！」

ソルティスが、小さなガッツポーズをする。

でも、その額には、尋常《じんじょう》ではない汗《あせ》が出ていて、彼女はガクッと、倒木の上で膝《ひざ》をついた。

「キルトさん、イルティミナさん、今だ！」

僕は、彼女の代わりとばかりに、必死に叫んだ。

もちろん、美しい2人の魔狩人は、この決定的なチャンスを逃《のが》さない。

キルトさんは、黒い稲妻《いなずま》のように、赤牙竜の懐に飛び込んだ。

イルティミナさんは、炎の大地を跳躍して、空中から回転しながら襲いかかった。

「鬼剣《きけん》・雷光連斬《らいこうれんざん》！」

「羽幻身《うげんしん》・一閃《いっせん》の舞！」

バチチ　バチィイイイン

キシュン

雷の大剣による竜巻のような連撃が、雷の爆発《ばくはつ》と共に、赤牙竜の手足を斬り裂《さ》き、その胴体《どうたい》を2つに分断する。

白い槍の魔法石から生まれた巨大な光の女性が、その手の巨大な槍で、赤牙竜ガドの首を刎《は》ね飛ばした。

（あ……）

僕の目の前で、あの巨大な赤牙竜は、五体をバラバラにされていた。

炎に燃えたまま、巨大な手足が、胴体が、その生首が地面に落ちる。

内臓がぶちまけられ、紫色の血液があふれて、炎によって蒸発させられていく。

赤牙竜の散らばった肉体から、紫の光が再び輝くこともない。

一瞬、世界が静寂《せいじゃく》に包まれたように思えた。

（やった……？）

信じられなかった。

あの悪夢のような不死身の怪獣《かいじゅう》が、動かない。

本当に、やったのか……？

僕は、確かめるようにソルティスを見た。

気づいたソルティスは、

「……尊敬していいのよ、ボロ雑巾《ぞうきん》？」

なんて、疲労《ひろう》しまくった顔に、ニヤリと得意げな笑顔《えがお》を浮かべている。

本当なんだ……本当に、あの赤牙竜ガドを倒したんだ。

「や、やったぁあ！」

何もしていない癖《くせ》に、僕は両手を突き上げてしまった。

キルトさんは、しばらく大剣を構えて、その黄金の瞳で睨《にら》むように赤牙竜の方を見ていたけれど、やがて、大きく息を吐《は》いた。

「ふむ、仕留めたか」

その背に、大剣を背負い直す。

イルティミナさんも同じように、構えていた白い槍を下げると、

「マール、ソル、大丈夫《だいじょうぶ》ですか？」

と、僕らの方へ駆け寄《よ》ろうとしてくる。

凄かった。

本当に凄かった。

3人の魔狩人の戦いは、本当に恐ろしいほどに、凄かったんだ。

キルトさんは、その優《すぐ》れた筋力と剣技で接近戦を挑《いど》み、イルティミナさんは、中間距離からそのサポートに徹《てっ》して、ソルティスは、遠距離《えんきょり》から大威力の魔法でダメージを与《あた》える。

そういう役割分担ができていた。

（これが、この3人の戦い方なんだ……）

そう思った。

でも、それが口で言うほど簡単でないのは、よくわかる。

それだけの高い実力と経験、何よりも連携《れんけい》する仲間との信頼がなければ、成り立たない。

それは紫の光をまとっていて、
――やめろっ！
僕は叫んでいた。
でも、黒い手は止まらずに、女神像を鷲掴《わしづか》みにする。
――女神像は、粉々に砕けた。
あっけなく、壊れた。
まるで、あの６つの石の台座みたいに。
巨大な黒い何かは、赤い三日月のような口を見せて、笑った。
恐ろしかった。
僕の仲間たちは、誰《だれ》もいない。
６つの石の台座は壊れている。
女神像も消えた。
――あれはきっと、悪魔だ。
そう気づいた。
その巨大な悪魔は、僕へも、その黒い手を伸ばしてくる。
僕も、殺されるんだと思った。
恐怖《きょうふ》で竦《すく》んで、動けなかった。
その時、ふと横を通り抜けて、誰かが僕の前に立った。

深緑色の美しい髪が、長くたなびく。

その手には、翼飾《つばさかざ》りを大きく広げて、煌《きら》めく刃と魔法石を輝かせる白い槍《やり》が握《にぎ》られていた。

——彼女の背中は、僕を守るように、黒い悪魔に向かって、その白い槍を構えた。


あぁ……。

僕は、泣いた。

泣きながら、その人の名前を口にする……。

小さく振り返ったその美貌は、優《やさ》しい微笑《ほほえ》みを湛《たた》えていた。

その瞬間《しゅんかん》、世界に光が溢れて、僕は——目を覚ました。

◇◇◇◇◇◇

「マール？　目が覚めたのですね？　あぁ……よかった」

安心したような笑顔は、驚《おどろ》くほど近くにあった。

僕は、目を瞬《まばた》き、

「イルティミナさん……？」

と、その名を呼んだ。

一瞬、夢か現実か、わからなくなっていた。

その怖《こわ》さもあって、僕の小さな手は、思わず、目の前にある彼女の頬《ほお》に伸ばされる。

「マール？」

驚いたような声。

でも、イルティミナさんはその手を避《さ》けずに、僕の行為《こうい》を受け入れてくれた。

熱くて、そして、柔らかな肌《はだ》だった。

手の甲《こう》に触《ふ》れる髪は、サラサラとしていて、とても気持ちがいい。

真紅《しんく》の瞳《ひとみ》は、宝石のようで、今そこには、僕の顔だけを映している。

「あぁ……本物だぁ」

僕は、つい笑ってしまった。

イルティミナさんも優しく微笑み返し、それから、少し恥《は》ずかしそうに付け加えた。

「マール。少しくすぐったいです」

「……え？」

あ。

わぁああ!?

ようやく我に返った僕は、慌てて、彼女の頬から手を離《はな》した。

「ご、ごめんなさい！　す、少し寝《ね》ぼけて」

「フフッ、大丈夫ですよ。落ち着いて」

彼女の瞳は、どこまでも優しい慈愛《じあい》に満ちている。

それを直視しているのは恥ずかしくて、僕は、誤魔化《ごまか》すように視線を逸らす——すると、自分たちの周囲の状況が、その目に飛び込んできた。

そこは、森の中だった。

やっぱり、アルドリア大森林なんだと思う。

でも、夜明けが近いのか、右側の遠い空が、明るい紫色《むらさきいろ》に変わってきていた。

そして僕は、いつものようにイルティミナさんに抱えられている。

彼女は、僕を抱《だ》きかかえたまま、ずっと歩き続けてくれていたようだ。

（あ、そうだ！）

そこまで思い出して、僕は、意識を失う直前の出来事——赤牙竜ガドの生首にソルティスが襲われたこと、それを庇《かば》って、僕が弾き飛ばされたことも思い出した。

自分の身体を見下ろし、全身を、小さな手で触《さわ》ってみる。

怪我《けが》はないみたいだ。

（もしかして……？）

恐《おそ》る恐る、シャツの襟《えり》を持ち上げて、首から提《さ》げた魔法石のペンダント——『命の輝石』を覗き込んだ。

その魔法石の中のタナトス文字は、いまだ青い光を輝かせ、僕の肌とシャツを青く照らしている。

（どうやら、死んだ訳ではなさそうだね？）

安心したような、拍子抜《ひょうしぬ》けしたような、不思議な気持ちだった。

と、そんな一連の僕の行動を見ていたイルティミナさんは、

「大怪我《おおけが》をした貴方《あなた》を、ソルティスが回復魔法で治したのですよ」

「え？」

僕は、彼女の顔を見る。

見返したその真紅の瞳は、スッと前方へと向けられた。

つられて、僕の視線も、そちらを追いかける。

僕らの少し前を、キルトさんが歩いていた。

その背中には、あの巨大な大剣があって、今はそこに交差するように、魔法石のついた大杖も装備されている。

あれは、ソルティスの……そう思った時、キルトさんの両手が、僕らと同じように幼い少女を抱えていることに気づいた。

「魔力《まりょく》切れです」

イルティミナさんは、短く言った。

柔らかそうな紫色の髪をこぼしながら、ソルティスは、真っ白な血の気のない顔で眠《ねむ》ってい
た。

（えっ？　ソルティス？）

まるで死んでいるように見えて、僕は、呼吸が止まりそうになった。

直前の夢で見た、あの倒れている６人の光の子供たちを思い出してしまったから、余計に恐
怖があった。

彼女の姉は、淡々《たんたん》と言う。

「私の捜索《そうさく》もあって、徹夜《てつや》が続いていたそうです。そこに、連続して魔法を使う状況だったの
で、脳への負荷《ふか》が限界を超《こ》えたのでしょう。無理を重ねるから、こういうことになるのです」

「だ、大丈夫なの？」

「しっかりと休めば、問題はありません」

（そ、そう）

少し安心した。

でも、イルティミナさんの表情は、まだ曇《くも》っている。その美貌は、今度は僕へと向けられた。

「マール、貴方もですよ？」

「え、えっと？」

「妹を庇った時のことです。折れた肋骨が肺に刺《さ》さっていて、危なかったんです。妹を助けて
くれたことは感謝しますが、あまり無茶《むちゃ》はしないでくださいね？」

「…………。ごめんなさい」

彼女が泣きそうに見えたので、僕は素直《すなお》に謝《あやま》った。

すると、彼女は更《さら》に泣きそうな表情になって、

「いえ……本当は、全《すべ》て私がいけないのですよね？」

「…………」

「キルトから聞きました。貴方が、夜の森で魔物に襲《おそ》われ、倒れていたのだと。それも、私が判断を間違《まちが》えたから。妹も、私のために無理を重ねて、その結果がこれです。マールのことを叱《しか》る資格なんて、本当は……」

ペチッ
僕の両手は、彼女の両頬を押さえていた。

「マール？」

驚いた顔のイルティミナさんに、僕は言った。

「貴方は、何も悪くない」

「…………」

「イルティミナさんに言われたから、僕は、夜の森を走ったんじゃない。僕が、そうしたいと思ったから、走ったんだ。それは、僕が選んだ決断。そしてその結果は、僕の背負う責任だよ？それを勝手に、イルティミナさんが奪わないで」

「……マール」

「きっと、ソルティスだって、同じだよ」

あの子は、イルティミナさんの無事を求めてた。

それを果たすために無理をしたし、それを後悔《こうかい》なんてしないと思う。

「あの時、ソルティスを庇ったのは、僕の決断。そんな僕を助けるために、無理をしようと決めたのは、ソルティスの決断」

「…………」

「僕らは、僕らのしたいことを、精一杯《せいいっぱい》がんばったんだ。――みんなが、無事なために」

イルティミナさんの真紅の瞳を、僕は、真正面から見つめる。

そして、笑った。

「だから、褒《ほ》めてよ。僕のこと、ソルティスのこと。みんな、無事だったんだから」

「マール」

彼女《かのじょ》は、潤《うる》んだ瞳を伏《ふ》せる。

そのまま、コツッとおでこ同士をぶつけてきた。

「確かに、私も皆《みな》も、無事でした。――ありがとう、マール。よくがんばりましたね？」

「うん」

僕は、元気よく返事をする。

イルティミナさんの笑顔が、嬉《うれ》しかった。

（あとで僕も、ソルティスにお礼を言わないと）

見れば、仲間の腕で眠るソルティスは、「むにゃむにゃ……」と唇《くちびる》を動かして、そこから、一筋の涎《よだれ》なんかを垂らしていた。

なんだか眠ってても、意外と元気そうだ。

ふと見れば、イルティィミナさんも同じものを見たようだ。

僕らは、互《たが》いの顔を見つめて、それから、小さく吹《ふ》き出《だ》すように笑い合った。

◇◇◇◇◇◇

「僕らは今、どこに向かってるの?」

イルティィミナさんの腕の中で、僕は、ふと聞いてみた。

彼女は、右側を見て、

「マール、太陽はどちらから昇《のぼ》っていますか?」

「えっと……」

もちろん、彼女の見ている方角だろう。

星々の宿る黒い空は、そちら側から少しずつ明るくなっている。

つまり、そっちは東側で、僕らの針路は北に向いている。

あぁ、そういうことか。

「なるほど、メディスの街なんだね？」

「正解です」

イルティミナさん、生徒を褒める先生の顔です。

僕は苦笑しながら、

（でも、ようやくメディスに着くんだ？）

小さな感慨《かんがい》にふけった。

たった2日のことなのに、何日もかかったような感覚だった。

（だって、濃密《のうみつ》だったもんね）

100メートルの断崖を越え、珍《めずら》しい森の世界を歩き、夜の世界で、魔物に襲われ、イルティミナさんの仲間に出会い、闇のオーラの赤牙竜ガドを退治した。

前世のことを考えても、一番、冒険《ぼうけん》した気がする。

「メディスまで、どのくらいかかるの？」

「午前中には、着きますよ」

夜明けの空を見ながら、彼女は言う。

ちなみに今、先頭を行くキルトさんも、僕を抱えるイルティミナさんも、走ることなく歩いている。

これは、眠っているソルティスを起こさないためで、更にいうと、急がなくていいだけの余裕が生まれた証拠《しょうこ》でもあった。

（まぁ、歩いてても、結構な速度だけどね）

熟練の冒険者《ぼうけんしゃ》２人は、どちらも素晴《すば》らしい健脚《けんきゃく》の持ち主なのだ。

（午前中かぁ）

僕の胸には、初めての人の街への期待と楽しみが、ムクムクと湧《わ》いていた。

「ねぇ、イルティミナさん？　メディスって、どんな街なの？」

「そうですね……」

少し考えてから、彼女は言った。

「アルドリア大森林に接する街としては、規模は大きい方だと思います。王都ムーリアに続く街道《かいどう》にありますので、周辺の村などが森で採取した品々を運ぶ中継点《ちゅうけいてん》になっていますから」

「へぇ～？」

「人口は５千人ほどで、旅人や行商人のための宿屋も多いです。多くの冒険者が、アルドリア大森林に入る際に、よく拠点《きょてん》として活用していますね」

「なるほど。じゃあ、イルティミナさんたちも、その冒険者の１組なんだ？」

「そうなります。あとは、森に近いせいか、エルフの旅人をよく見かける街でもありますね」

エルフ!?

思わず、心が跳《は》ねた。

やっぱり異世界ファンタジーなら、エルフはかかせない。

「エルフ、見たいかも！」

「おや？　では、街に行ったら、一緒《いっしょ》に探してみましょうか？」

「うん！」

やったー！

両手を上げて喜ぶ僕に、イルティミナさんは、優しく笑っている。

（……ん？）

その時、前を歩くキルトさんの黄金の瞳が、楽しげな僕らへと向けられているのに気づいた。

でも、すぐに視線は外れ、彼女は前を向く。

（キルトさん、笑ってなかったね？）

胸の奥が、急に冷えた気がした。

ソルティスが疲れて寝ているのに、騒《さわ》ぎすぎたかな？

でも、あの横顔にあったのは、怒《いか》りや注意よりも、憂《うれ》いの表情だった気がした。妙《みょう》に悲しそうな、もどかしそうな雰囲気《ふんいき》だった。

（なんだろう？）

しばらく考えたけれど、わからなかった。

でも、妙に気になる表情だった。

銀色の美しい髪が揺《ゆ》れる背中は、けれど、声をかけられるのを拒絶《きょぜつ》しているように見えて、何も聞けなかった。

「どうかしましたか、マール？」

「ううん、なんでもないよ」

僕の様子に気づいたイルティミナさんに、笑顔で答える。

彼女は、不思議そうに首をかしげたけれど、僕もそれ以上、何も答えることができなかった。

そのまま、僕らは森の中を進んでいく。

やがて、朝日が差し込み、木漏れ日《こもれび》が美しく森の中を照らしだす。

（綺麗《きれい》だなぁ……）

樹海の朝は、神々《こうごう》しいような世界だった。

雨上がりの水滴《すいてき》に、森中がキラキラと太陽の光を反射している。

そこを歩く２人の魔狩人《まりゅうど》の女たちも、美しかった。

（うんうん、絵になるよね）

時間があったら、筆と紙で、この光景を描《えが》いてみたいと思ってしまう。

そんな気持ちを我慢して、更に数時間――草木を散らし、起伏《きふく》を乗《の》り越《こ》え、枝葉を潜《もぐ》って、
彼女たちは森の中を進んでいく。

そして、とある一つの茂《しげ》みを超えた先に、

「あ……」

「見えました、あれがメディスです」

小高い丘《おか》の上から見下ろせる、城壁《じょうへき》に囲まれた街が現れた。

あれが、メディス。

思ったよりも大きかった。

街には、三方に街道が伸《の》びていて、城壁と接する場所では、多くの馬車が見えている。

街の中には、湖のある公園が見え、見事な尖塔《せんとう》の教会があり、大通りには忙《せわ》しなく動く人々の姿がある。

(これから、あそこに行くんだ！)

初めての異世界の街。

知らない人々の暮らす場所。

僕は、ドキドキが止まらない。

「さぁ、行くぞ、2人とも」

キルトさんが声をかけ、僕らは丘を下り始めた。

――長い旅路の果て、僕は、ようやくメディスの街へと辿《たど》り着《つ》いたんだ。

第二十六章　メディスの街

青い空の下、僕らは森を抜《ぬ》けた丘から下って、眼下の街道へと合流する。

「イルティミナさん。僕、そろそろ、降りてもいい？」

「あ、はい」

初めての街を自分の足で歩きたくなった僕は、そうお願いして、イルティミナさんの腕から降ろされる。

「ここまで、ありがとう、イルティミナさん。本当に助かりました」

「いいえ」

ペコッと頭を下げてお礼を言うと、彼女は、小さくはにかんでくれた。

そうして、僕らは街道を歩いていく。

よく均《なら》され、固められた土で造られた街道で、とても広くて、日本の三車線の道路ぐらいの幅《はば》があった。

履《は》いている皮の靴《くつ》で、パンパンと地面を叩《たた》く。

（あぁ、森の中とは違う、ちゃんとした平らな地面だ……）

そんな些《さ》細《さい》なことに、ちょっと感動する。

馬車が通った跡《あと》なのか、やはり轍《わだち》もあるけれど、自然の生み出す起伏に比べたら、やっぱり大したこともなかった。

そうして進んでいくと、メディスの街が近づいてくる。

（おぉ……。城壁、思ったより高いね？）

20メートルはありそうな、丁寧《ていねい》に石を積み重ねた城壁だった。

石と石の間には、ほとんど隙間《すきま》もなくて、かなりの精度で積まれている。ふと見れば、城壁の上には、見張りなのか、弓矢を持った兵士たちがウロチョロしているのが、遠目にもわかった。

そして城壁には、街道と繋《つな》がる部分に、巨大な門が設置されていた。

（き、巨人《きょじん》用かな？）

そう思うぐらい、大きくて、それは今、完全に解放されている。

門の手前には、多くの馬車が止まっていた。

中には、二本足の恐竜《きょうりゅう》みたいな生き物が、口に拘束具《こうそくぐ》を填《は》めて馬車に繋がれていたりする。

地球にいたダチョウみたいな大きさだけど、その褐色《かっしょく》の鱗《うろこ》の肌に、鋭《するど》い眼光を放つ瞳と発達した鉤爪《かぎづめ》のある脚《あし》は、やはり『竜《りゅう》』という言葉がよく似合う。

（あぁ、異世界の風景っぽいよぉ）

思わず、心を震《ふる》わせ、凝視《ぎょうし》していると、

「あそこは、商隊などの馬車が、メディス入街の手続きの間、停《と》まっている場所なんです。もう少し行くと、他の街に向かう乗合馬車の乗降場もありますよ？」

と、隣の美人なイルティミナ先生が教えてくれた。

そうなんだ。

馬車の近くには、色んな人たちが集まっていた。

西洋風の人たちが多いけれど、中には、フカフカした毛に覆《おお》われた人々――獣人《じゅうじん》らしい姿も見られる。

（うわ、うわ……本物だ！　耳、動いてる、尻尾《しっぽ》、ウネウネしてるっ）

猫耳《ねこみみ》をした女の人もいるし、犬みたいな男の人もいる。

中には、牛みたいな角を生やして、下半身が四つ足のケンタウロスのような人たちもいた。

獣の特徴《とくちょう》を色濃《いろこ》くする彼《かれ》ら、もしくは彼女たちは、他の人たちに混じって、大きな木箱を馬車の荷台から下ろしたり、積み上げたりと作業に忙《いそが》しそうだった。

見た感じ、他の人たちと比べて、差別されているようには見えない。この世界では、獣人の彼らにも、ちゃんとした人権が認められ、異人種でも公平に扱《あつか》われる価値観があるみたいだった。

「ほら、あまりジロジロ見てはいけません。失礼ですよ？」

「あ、ごめんなさい」

あんまり見てたら、美人先生に注意されてしまった。

そうして、色んな形の馬車たちを、横目に見ながら、僕らはメディスの大門を潜っていく。

馬車の人たちは、入口詰所《つめしょ》の兵士たちに書類を渡《わた》したり、何らかの手続きがあるみたいだけど、僕らは関係ないのかな？　と思ったら、先頭のキルトさんが、別の詰所で兵士さんと何か話していた。

単に、手続きの場所が違うだけ見たい。

「ほれ、滞在証《たいざいしょう》じゃ」

「ふむ。しかし、人数は3人となっているが？」

「あの坊主《ぼうず》は、迷子のようでな。これも何かの縁《えん》じゃ、聖シュリアン教会に連れていく」

「なるほど。ならば、貴公らの冒険者印の確認《かくにん》を――」

そんな感じで、3分ぐらい。

待っている間に、他の兵士と、冒険者らしい人たちが同じような話をしているのが、チラホラと見受けられた。

「待たせたな。――行くぞ」

ソルティスを抱えたまま、彼女は、前を歩きだす。

僕とイルティミナさんも、あとに続いて、頭上を覆う巨大な門と城壁を抜けて、奥へと進んでいった――。

◇◇◇◇◇◇◇

「う、わぁ……っ！」

そこに広がる活気溢れる街の風景を見て、僕は、感嘆《かんたん》の声を上げてしまった。

人だ。

溢れんばかりの人が、そこには存在した。

（本当に僕は、異世界に……異世界の人たちが暮らしている街に、来たんだ！）

その実感が身体中《からだじゅう》を駆け巡《めぐ》り、興奮が抑《おさ》えられない。

目の前には、メディスの街の大通りが広がっている。

メディスの道は、なんと全てが石畳《いしだたみ》で舗装《ほそう》されているようで、一見、広場みたいな幅の大通りは、遥《はる》か前方まで続き、その左右には、街路樹や街灯が整然と並んでいた。そして、そこには、この街の住人らしき人、旅人や冒険者らしい人、商人らしい人、色んな人が、いっぱい、いっぱいいいる。

人間がいる。

フカフカ、フワフワの獣人もいる。

そして、耳の長い、端正《たんせい》な顔立ちの人たちも――エ、エルフだ！　本物、本当のエルフさんだぁ！

「うわぁ、うわぁ、ど、どうしよう、どうしよう、イルティミナさん！　僕、本当にエルフさんを、この目で見ちゃったよ～」

「お、落ち着いてください、マール、落ち着いて」

思わず、彼女の腕に抱きついて、ガクガクと揺すってしまう。

イルティミナさんは、困った顔で、必死に、僕を宥《なだ》めようとしてくれていた。

大通りに面して、左右には、西洋風の建物が並んでいる。

ここでは、多分、商店が多そうだ。

視線を遠くに向ければ、大通りのずっと奥《おく》、遥か先の前方には、美しい教会のような建物が見えている。キラキラしていて、真っ白な外壁《がいへき》で、ちょっとしたお城みたいに見えて、とても綺麗だった。

「あれは、聖シュリアン教会です」

「シュリアン？」

「はい。聖シュリアン教は、ここ、シュムリア王国で一番、信仰《しんこう》されている教義です。国教としても、扱われています。そして、このメディスの街は、あの教会を中心にして道を通し、家々が造られているのですよ」

「へぇ～？」

色々と、知らないことを教えられる。

通りには、色んな店があって、色んな人がいて、僕の好奇心《こうきしん》に満ちた目は、忙しくて仕方がない。

イルティミナさんは、そんな僕の様子に、優しく瞳を細めている。

「2人とも、観光はあとにして、まずは宿に行くぞ。——早く、ソルを休ませたいのじゃ」

先に歩くキルトさんが、少し苛立《いらだ》ったように告げる。

（……あ）

見つめる黄金の瞳に、冷水を浴びせられ、僕は我に返った。

彼女の腕には、僕のために魔力切れを起こした少女が、今も抱かれている。

「ご、ごめんなさい」

「すみません、キルト。——行きましょう、マール」

イルティミナさんの白い手に引かれながら、僕らは、キルトさんを追いかけた。

◇◇◇◇◇◇◇

大通りから、一本脇道《わきみち》に入った先に、キルトさんたちの取っている宿屋はあった。

三階建ての、意外と立派な建物だ。

ソルティスを抱えたまま、キルトさんは中に入っていき、僕らも続く。

宿屋の一階は、椅子《いす》やテーブルが並んで、食事もできる酒場みたいになっている。今はそこに、数人ほどの武器や鎧《よろい》を身にまとった、冒険者らしい男女が座《すわ》っていた。

左奥の壁《かべ》には、大きな木製ボードがあって、そこには十枚ほどの紙が貼《は》りつけられている。

どうやら、クエストの依頼書《いらいしょ》のようだ。

今も、そこに店員らしい太った中年男性が、新たなクエスト依頼の紙を画鋲《がびょう》で貼りつけている最中だった。

（ほわぁ……なんか、冒険者の宿らしい宿だねぇ？）

ラノベやゲームの知識そのままの光景に、ちょっと驚きと感動があった。

僕らが店内に入ると、クエスト依頼書を貼りつけていた男性が気づいて、こちらを振り返った。

「いらっしゃい。——おや、キルトさん？　おかえりなさい」

「うむ。ただいまじゃ、店主」

キルトさんは鷹揚《おうよう》に頷《うなず》き、店員ではなく店主だった男性は、僕らのことを見回して、それから人懐《ひとなつ》っこく笑った。

「どうやら、無事、探していた仲間の人は、見つかったようですね」

「うむ」

「ご心配をおかけしました」

隣《となり》のイルティミナさんは、静かに頭を下げる。

店主さんは「いやいや」と手を振って、それから、キルトさんの腕の中の少女を見つけ、少し心配そうな顔をする。

「ソルティスちゃんは、どうかなさったんですか？」

「ただの魔力切れじゃ。問題ない」

「あぁ、そうでしたか。……大変だったようですね。――あとで、魔力回復用に、キュレネ花の蜜《みつ》をお部屋にお持ちしますよ」

「すまぬな。頼《たの》もう」

店主は、にこやかに笑い、そして最後に、イルティミナさんに手を繋がれた子供――つまり僕《ぼく》を見る。

「で、こちらのお子さんは？」

「森で拾うた」

「私とソルティスの命を救ってくれた、大切な恩人です」

「……はい？」

店主さん、少し困惑《こんわく》した顔だ。

僕は、行儀《ぎょうぎ》正しく、そんな彼に頭を下げる。

「初めまして、僕は、マールと言います。よろしくお願いします」

「おや？　これはこれは、お若いのに、ご丁寧に。――私は、この冒険者の宿『アルセンの美《う》味《ま》い飯』を経営しています、アルセン・ポークと言います。どうか、お見知りおきを」

うん、前世は、日本人だから。

僕のお辞儀《じぎ》に、アルセンさんは、にこやかな笑顔《えがお》になった。

イルティミナさんは、なぜか誇《ほこ》らしげである。

一方のキルトさんは、そんな仲間に嘆息《たんそく》をこぼし、それから顔を上げて、アルセンさんに話しかける。

「そういうわけだ、店主。しばし、この坊主も宿に泊《と》める」

「おや、左様ですか？」

「追加料金は、支払《しはら》おう。あとで、わらわたちの部屋に、もう一つ、寝床《ねどこ》の用意を頼む」

「かしこまりました」

頷くアルセンさん。

でも僕は、

「あ！　僕、お金、持ってない……」

今更《いまさら》ながらの事実に気づいて、つい叫《さけ》んでしまった。

そんな僕に、アルセンさんとイルティミナさんは、驚いた顔をする。

でも、僕は、それを気にする余裕《よゆう》もなくて、真っ青になっていた。

（ど、どうしよう……？）

当たり前のように、キルトさんについて来ちゃったけど、本来、僕は部外者なんだ……その事実を、すっかり忘れていた。

（今夜は、どこか街外れで、久しぶりに葉っぱ布団《ぶとん》かなぁ……）

なんて、遠い目で思っていたら、

「構わぬ。支払いは、こちらで持つ」

「え？」

思わず、キルトさんの横顔を凝視してしまった。

彼女は、僕の顔を見返して、

「坊主には、イルナとソルのことで借りがある。ゆえに、構わぬ」

「で、でも」

「そうですよ、マール？　余計な気遣《きづか》いは、無用です」

イルティミナさんは、生真面目《きまじめ》な表情で「うんうん」と大きく頷いている。

（でも……本当に、そこまで甘《あま》えていいのかな？）

このままズルズルと自分が堕落《だらく》しそうで、ちょっと怖かった。

まだ迷っていると、キルトさんが大きく嘆息する。

「ならば、こうしよう。――赤牙竜ガドの討伐《とうばつ》に協力したそなたには、わらわたちから、報酬《ほうしゅう》を支払わねばならぬ。その一部から、今回の宿代を使わせてもらう」

「……協力、したっけ？」

「坊主がおらねば、イルナの居場所は、わからなかった。あそこで間に合わねば、イルナも殺されていたかもしれぬ」

「でも、それ以上に、僕は、イルティミナさんには助けられているし」

彼女がいなければ、僕は、あの塔《とう》と森から出られなかった。

イルティイミナさんが怒《おこ》ったように、僕の前にしゃがんで、その両肩《りょうかた》を掴《つか》んだ。

「何を馬鹿《ばか》なことを！　何の損も得もなく、一番最初に私を助けたのは、マールではありませんか？　……それとも、あの時の貴方は、打算で私を助けたのですか？」

「そんなことないよ？　でも――」

「ならば、私たちが今、損得を抜きにして、貴方に助力をして問題ありますまい」

「…………」

いいのかな？　本当に。

僕なんかのために……。

「ふむ……確かに、坊主の価値は、イルナよりも低い」

「え？」

「キルトっ⁉」

「じゃが、だからこそ、イルナが坊主を助けたことよりも、坊主がイルナを助けたことに価値の差が生まれる。それを支払うだけのことじゃ」

キルトさんの声は、もはや決定事項《けっていじこう》だ、と言わんばかりだった。

ポカンとしていると、アルセンさんが苦笑《くしょう》しながら、太ったお腹《なか》をたわませて、僕に目線を合わせてしゃがむ。

「難しく考えない方がいいですよ、マール君？　元来、大人は子供を助けるもの、子供は大人に助けられるものです。素直に甘えて、いいんですよ？」

「…………」

「ね？」

悩《なや》みながらも、その優《やさ》しい笑顔に、僕は頷いた。

「……じゃあ、お言葉に甘えます。なので、どうか割安料金でお願いできますか？」

素直に甘えた途端《とたん》、皆の目が点になった。

そして、大爆笑《だいばくしょう》が起こった。

イルティィミナさんは目尻《めじり》に涙《なみだ》をためて、お腹を押《お》さえ、アルセンさんは「こいつは、一本取られた」と、自分の額をペシッと叩く。一階で食事をしていた冒険者たちも、話が聞こえていたらしくて、料理を吹き出し、テーブルをバシバシ叩いて、笑い転げている。

な、なんで？

「見事な交渉《こうしよう》……というべきか？　そなたは、将来、大物になるやもしれぬのぉ」

「？？？」

キルトさんも、珍しく苦笑しながら、そう言った。

そうして僕は、本当に割安料金で、冒険者の宿『アルセンの美味い飯』に泊まることが決まったんだ――。

第二十七章　マールとイルティミナの散策1

イルティミナさんたちの泊まる部屋は、冒険者の宿『アルセンの美味い飯』の3階、廊下《ろうか》の奥にある角部屋だった。

木製の扉《とびら》を開けると、思ったより広い部屋が、僕らを出迎《でむか》える。

「うわぁ……」

思わず、感嘆の声が漏《も》れてしまった。

本当に広い部屋だった。

まず目についたのは、清潔なシーツに包まれた寝台《しんだい》――それが、壁際《かべぎわ》に3つも並んでいる。

廊下側《ろうかがわ》の壁には、大きな箪笥《たんす》が一つ、それと机と椅子のセットが一組。机の上には、綺麗な赤い花が、細い花瓶《かびん》に飾《かざ》られている。

日当たりの良い東と南の壁には、大きな窓があった。

透明度《とうめいど》の高いガラスの向こうには、美しいメディスの街並みと、宿屋の前の通りとそこを行《い》き交《か》う人々が見えている。

（うん、凄《すご》くいい部屋だ……）

廃墟《はいきょ》みたいな塔の居住スペースで暮らしていた僕には、ちょっともったいないぐらい。

少しだけ、ベッドに近づいて、触《さわ》ってみた。

（わ、柔《やわ》らかい）

そして、しっとりした弾力《だんりょく》がある。

木綿《もめん》のシーツも滑《なめ》らかで、手触《てざわ》りも良かった。

（この布団の中身は、なんだろう？　多分、羽毛《うもう》か、獣毛《じゅうもう》だと思うけど……）

モフモフ
う〜ん、悔《くや》しいけれど、僕の自慢《じまん》の『葉っぱ布団』も、この感触《かんしょく》の前には完敗だ。

そんなことをしていると、

「マールの坊主。すまぬが、そこをどいてくれ」

「え？」

突然《とつぜん》、キルトさんに声をかけられた。

振《ふ》り返《かえ》ると、彼女の腕《うで》には、いまだ眠ったままのソルティスが抱《かか》えられている。きっと、ベッドに寝《ね》かせるつもりなんだろう。

「あ、ごめんなさい」

僕は、慌《あわ》てて場所を譲《ゆず》った。

キルトさんは「うむ」と頷き、銀色の髪《かみ》を肩《かた》からこぼしながら、ソルティスの小さな身体を、ベッドの上に静かに下ろす。

乱れてしまった紫色《むらさきいろ》の前髪《まえがみ》が、キルトさんの指で、優しく整えられた。

僕も、その少女の寝顔《ねがお》を、横から覗《のぞ》き込む。

「ソルティス、大丈夫《だいじょうぶ》かな？」

「心配いらぬよ。血色も良くなった。もうしばらくすれば、自然と目も覚めるであろう」

キルトさんの口調は、穏《おだ》やかだ。

言われてみれば、確かに、森の中では真っ白だった顔色も、今は、ふっくらした頬《ほお》に赤みが差している。なんだか、リンゴみたいで、ちょっと美味《おい》しそうだ。

「よかった……」

僕は、安心して笑ってしまう。

キルトさんは、そんな僕をしばらく見つめ、それから、もう一人の仲間――イルティミナさんの方を振り返った。

イルティミナさんは、部屋の隅《すみ》で、あの赤牙竜の牙《きば》も積み込まれた大型リュックを、降ろそうとしているところだった。

「おい、イルナ」

「はい？」

ドッスン
床《ゆか》が揺れ、イルティミナさんは、荷物を下ろした姿勢で停止した。

キルトさんの手が、ポンと僕の頭に乗る。

「そなた、今から、このマールの坊主を連れて、メディスの観光にでも連れていってやれ」

……はい？

僕と同じように、イルティミナさんの真紅《しんく》の瞳《ひとみ》は丸くなる。

「今からですか？」

「うむ。ここまで、マールの坊主にも、色々と苦労があったのだろう？　少しは労《ねぎら》ってやらねばな」

「それは、賛成しますが」

「ソルティスは、心配いらぬ。わらわが、そばで見ているゆえに」

戸惑《とまど》いながらも、イルティミナさんは僕を見る。

「マールは、どうしたいですか？」

「イルティミナさんが良ければ、もちろん、メディス観光したい！」

即答《そくとう》だった。

キルトさんやソルティスには申し訳ないけれど、やっぱり、初めての異世界の街だから、この目に焼きつけたくて仕方がなかった。

きっと、イルティミナさんを見返す僕の青い瞳は、期待と興奮、好奇心でキラキラと輝《かがや》いていただろう。

それを受けて、イルティミナさんは苦笑した。

「わかりました。それでは、キルトの言葉に甘えます。――フフッ、一緒に参りましょうね、マール」

「やったぁ！」

喜びのままに、僕は、両手を突《つ》き上《あ》げる。

それから、素敵《すてき》な提案をしてくれたキルトさんを振り返った。

「ありがとう、キルトさん！　楽しんでくるね！」

「うむ。――良き思い出を、いっぱい作ってくるが良いぞ」

キルトさんは穏やかに微笑《ほほえ》み、銀の髪を揺らして、大きく頷いた。

（……？）

でも、なんだろう？

その端正な微笑みが、けれど僕には、少し悲しそうな、申し訳なさそうな、そんな不思議な表情に見えたんだ――。

◇◇◇◇◇◇

やがて、僕とイルティミナさんは外出準備を整え、冒険者の宿『アルセンの美味い飯』を出た。

「さて、どこ行くの？」

「まずは、服屋にでも行ってみましょうか？」

「服屋さん？」

「マールはずっと、同じ服でしたからね。この私が、新しい服を買ってあげましょう」

言われてみれば、僕は転生してから、この服を着っぱなしだ。

いや、ちゃんと『癒《いや》しの霊水《れいすい》』で洗濯《せんたく》はしてたよ？　でも、さすがにほつれや破れ、染《し》み込んだ汚《よご》れは、あるんだよね……。

僕は、左肩《ひだりかた》からお腹までの縫《ぬ》い目《め》を、指でなぞる。

「でも、僕、イルティィミナさんに縫ってもらったこの服、まだ大事にしたいんだけどな……」

「――――」

イルティィミナさん、突然、口元を押さえて、横を向いてしまった。何かを堪《こら》えるように、肩が小さく震えている。

（？？？）

やがて、コホンと咳払《せきばら》いすると、妙に澄《す》ました顔で、

「そんな些細なことを、気にしてはいけません。さぁ、行きますよ、マール」

「あ、うん」

僕の手を引いて、イルティィミナさんは歩きだす。

でも、長い髪の隙間に見えた彼女《かのじょ》の耳は、なんだか赤くなっているような気がした。

◇◇◇◇◇◇◇

そうしてイルティミナさんに案内されたのは、大通りに面した、一軒《けん》のお店だった。

「ここ？」

僕は、ポカンとする。

そこは、普通《ふつう》の服屋さんではなくて、盾《たて》や鎧などを専門に扱う冒険者のための防具店だったんだ。

イルティミナさんは、にこやかに笑う。

「はい。旅を続けるならば、服も丈夫《じょうぶ》な方がいいですから。こういう店の方が安心です」

「そ、そっか」

「さぁ、入りましょう？」

戸惑う僕は、イルティミナさんの手に引かれて、店内へと一緒に入っていった。

「へい、らっしゃいっ！」

入った途端、店の奥から元気な声が聞こえて、店主らしき人がやって来る。

おや？　ずいぶんと背が低い人だ。

顔は、髭《ひげ》を生やしたおじさんなのに、頭の位置は、子供の僕と同じぐらい。でも、身体つき

は筋骨隆々《りゅうりゅう》で、丸い岩石みたいな印象だった。

（もしかして、この人、ドワーフさん？）

前世の知識が、僕に訴《うった》える。

初めて見るドワーフさんの姿に、僕の目は釘《くぎ》づけだ。

そんなドワーフおじさんは、店に入って来た客――つまり僕らを見て、ちょっと驚《おどろ》き、それから珍《めずら》しそうな顔をした。

「ふ～む。母子……の割にゃ年が近《ちけ》ぇか。アンタら、もしかして姉弟《きょうだい》か？」

いきなり言われて、僕らはキョトンとした。

「いえ、違《ちが》いますが……なぜ、そう思ったのです？」

「仲良く、手を繋いでるじゃねぇか」

「……あ」

指摘《してき》されて、今更ながらに気づく。

真っ赤になって、僕らは、慌てて手を離《はな》した。

「す、すみません、マール」

「う、ううん。こっちこそ、ごめんなさい」

僕らの反応に、ドワーフおじさんは驚き、そして「ガハハッ」と大笑いした。

「なんでい、なんでい。初々《ういうい》しい恋人《こいびと》さんたちだなっ？」

「こ、恋《こい》……っ!?」

イルティミナさんと僕、揃《そろ》って硬直《こうちょく》です。

それに構わず、ドワーフおじさんは、あご髭を撫《な》でながら、そんな僕らをジロジロ見る――いや、正確に言うと、イルティミナさんの装備を、だ。

「へぇ？　そりゃあ、タナトス時代の魔法《まほう》の槍《やり》だな？　しかも、使い込まれてやがる。……お前さん、かなりの腕前《うでまえ》の冒険者《ぼうけんしゃ》だな？」

おじさんの目が、鋭く細まる。

その視線に、イルティミナさんもハッとなって、いつもの調子を取《と》り戻《もど》した。

コホンと咳払いして、落ち着いた声で答える。

「これでも一応、『銀印《ぎんいん》』の魔狩人《まりゅうど》ですので」

「ほう、その若さで、やるじゃねぇか？　で、そんな凄腕《すごうで》さんが、うちに何の用だい？」

「この子に旅服を。それと、私の鎧の修復も」

そう言って、彼女の白い手は、自分の鎧に空いた穴を触る。

ドワーフおじさんは、あご髭を撫でる手を止めて、その目を丸くした。

「おいおいっ？　こんな大穴開けて、アンタ、よく生きてたな？」

「マールに助けられました」

いや、助けたのは、『命の輝石《きせき》』なんだけど。

心の中で突っ込む、僕。

でも、イルティミナさんの視線は、優しく僕を見つめ、ドワーフおじさんも「へぇ？」と感心したように僕を見る。

「よくわからんが、惚《ほ》れた女を守れるのは、いい男の証《あかし》だぜ。よっしゃ、お前さんにぴったりの旅服、俺《おれ》が見繕《みつくろ》ってやる！」

「ほ、惚れ……!?」

イルティミナさんは、また硬直する。

僕は、困ったように笑って、とりあえず「よろしくお願いします」と、ドワーフおじさんに頭を下げた。

◇◇◇◇◇◇

「マール、よく似合ってますよ」

「あはは、ありがと、イルティミナさん……」

笑顔で手を叩くイルティミナさんに、僕は、ちょっと疲《つか》れた笑顔を返した。

あれから、1時間が経《た》ちました。

僕はその間、イルティミナさんの着《き》せ替《か》え人形にされて、色んな服を着せられたんだ。

半袖《はんそで》、半ズボンの旅に向かないものから、貴族が着るような煌《きら》びやかなもの、なぜか女の子の服も勢いで着せられて、結局は、ドワーフおじさんが最初に見繕ってくれた旅服を、僕は選んだ。

（でも、本当に、丈夫そうな服だよね？）

手足を動かし、そう思う。

生地《きじ》が厚いのもあるけれど、それだけじゃない。

肘《ひじ》や膝《ひざ》など関節のある部分、それと背骨のある背中側には、クッション素材が生地と生地の間に縫い込まれている。これなら、転んでも痛くないし、怪我《けが》もしない。

それに編み方にも工夫《くふう》があって、通気性もいいんだ。長く歩いて、汗《あせ》をかいても、不快にならないらしい。

あと新しい靴も、くるぶしと爪先《つまさき》には、硬質《こうしつ》な素材が使われている。試《ため》しに、足を踏《ふ》んでもらっても、なんともなかったよ。

「どうでい？　坊主？」

「うん、とても気に入りました。ありがとうございます」

ドワーフおじさんに、僕は笑って、心から礼を言う。

おじさんは、「いいってことよ」と満更《まんざら》でもなさそうな笑顔で、手を振った。

それから、イルティミナさんの方を見て、

「さて、時間かかっちまったが、次はお前さんの方だな？」

「はい、お願いします」

頷いて、イルティミナさんは、自分の鎧の留め具を外していく。

やがて、鎧の下から現れたのは、動き易《やす》そうなシャツとズボンという格好の女性の姿だ。

「………」

鎧を着ていないイルティミナさんを、じっくりと見るのは、初めてだったかもしれない。

正直、ちょっとドキドキしてしまった。

(だって、あまりに、普通の女の人なんだもん)

僕は、イルティミナさんを『冒険者』だと思っていた。

でも、違った。

イルティミナさんは、冒険者をしているだけの『普通の女の人』だった。

冒険者だから、強くて当たり前……そんな風に、錯覚《さっかく》してたけど、本当は、普通の女の人が努力して、強い冒険者になっていただけだったんだ。

「ん？　どうかしましたか、マール？」

「ううん」

僕は、彼女を尊敬する。

いつか、今みたいに守られるだけじゃなくて、彼女のことを守れるような男になりたい——今更ながらに、そんなことを思ったんだ。

◇◇◇◇◇◇◇

イルティミナさんの鎧が、手足も含《ふく》めて外されて、ドワーフおじさんに手渡《てわた》される。

「どの位かかりますか？」

「そうさな……まぁ、2～3時間ってところだろ。昼過ぎまでには、終わらせとくよ」

「では、その時に、引き取りに参ります」

「はいよ」

イルティミナさんは、腰《こし》ベルトのポーチから、数枚の硬貨《こうか》を取り出して、それを渡す。どうやら、前金らしい。残りは、引き取りに来た時に、支払うそうだ。

「あの、イルティミナさん。僕の服の代金は、いつか、ちゃんと返すからね？」

「いいえ、プレゼントしますよ」

いやいや、それは駄目《だめ》。

と、開こうとした僕の口を、彼女の白い指が押さえた。

（え？）

悪戯《いたずら》っぽく真紅の片目を閉じて、彼女は笑う。

「と言いたいのですが、宿屋での一件を思うと、マールはとても頑固《がんこ》そうですからね」

「え、えっと……？」

「わかっています。――では、マールの服の代金は、無利子、無催促《さいそく》、無担保で、お貸しします。それで、よろしいですね？」

「う、うん。ありがとう……」

でも、なんだか、手のひらで転がされた気分だ。

イルティィミナさんは、「フフッ」と楽しそうに笑い、ドワーフおじさんは「ガハハッ」と大笑いして、僕の背中をバシンと叩《たた》いた。

「お前さん、将来は、ずっと嫁《よめ》の尻《しり》に敷かれそうだな？」

「………」

別に、イルティィミナさんと結婚《けっこん》する予定もないんだけど……なんだか僕は、むず痒《がゆ》い気持ちになり、ちょっと赤くなって黙《だま》り込んでしまうのだった。

第二十八章　マールとイルティミナの散策2

防具店に、イルティミナさんの防具を預けたあと、僕らは、メディスの大通りを散策した。

大通りには、たくさんの人が歩いている。

たまに、馬車や竜車《りゅうしゃ》が通ったりもして、人々が慌てて避《よ》けたりもする。そういう人波の中で、イルティミナさんは、僕が迷子にならないようにと、ずっと手を握《にぎ》ってくれていた。

（人がいっぱいだなぁ）

道の両脇《りょうわき》には、露店《ろてん》なども立ち並び、多くの人の話し声や足音など、色んな音が僕の耳に聞こえている。

のどかで静かだったアルドリアの森林とは、まるで違う世界だった。

（ようやく、人の暮らす場所に来たんだね、僕は）

それを、しみじみと実感する。

音だけじゃなく、街の中には、色々な匂《にお》いもあった。少し、鼻から多く息を吸う。

（うん、これは肉の焼ける料理の匂いかな？）

こっちは、お酒の匂い。

鉄みたいな匂いは、近くの装備屋さんからだろう。

甘い匂いは、何かのお菓子《かし》かな？

森の中は、植物の青い匂いだけだったから、カラフルな匂いたちに包まれるのも楽しかった。

クゥゥ……

（あら？）

食べ物の匂いを嗅《か》いだからか、僕のお腹が鳴ってしまった。

イルティミナさんが、「おや？」と笑う。

「そろそろ、お昼ですものね？」

「う、うん」

「私も、ちょうどお腹の空いたところです。何か、露店で買ってみましょうね」

優しいフォロー、ありがとうございます。

ちょっと赤くなりながら、僕は頷いて、彼女と一緒《いっしょ》に近くの露店へと向かった。

◇◇◇◇◇◇

祭りの縁日《えんにち》のように、大通りには、たくさんの露店が並んでいる。

「どこにしましょうか？」

イルティミナさんは、決断を委《ゆだ》ねてくれる。

僕は、さっきから美味しそうなお肉の匂いがする、一件の露店を指差した。

「あそこがいい」

「フィオサンドのお店ですか？　わかりました、行きましょう」

フィオサンド？

首をかしげる僕を連れて、手を繋《つな》いだイルティミナさんは、そちらに歩いていく。

露店を運営しているのは、獣人《じゅうじん》のお姉さんだった。癖《くせ》のある赤毛の髪に、羊のような巻き角が生えている。

彼女は、近づく僕らに気づくと、嬉《うれ》しそうな笑顔を弾《はじ》けさせた。

「いらっしゃい、何にする？」

露店のお姉さんは、店先の文字が書いてあるボードを、手で軽く叩いた。

きっとメニューなんだろう。

「色々ありますね。マールは、どれにしますか？」

「…………」

でも、僕は答えられなかった。

（よ、読めない……）

アルファベットのような文字は、多分、アルバック大陸の共通語で書かれているんだろう。

でも、僕には、さっぱり意味が分からない。

このマールの肉体は、アルバック共通語を話せても、読むことはできないらしい……なんてことだ。

「……マール？」

黙り込んだ僕に、イルティィミナさんは怪訝《けげん》そうな顔だ。

僕は、諦《あきら》めて、正直に白状する。

「……ごめんなさい。僕、話すことはできても、文字の読み書きはできなくて……」

「え？　そ、そうなのですか？」

イルティィミナさん、とても驚いた表情だ。

それは、露店のお姉さんも同じようで、

「こいつは驚いた？　今時、珍しいね。学校とか行かなかったのかい？」

「う、うん。色々あって」

「そうかい、そうかい。まぁ、人生色々だ。仕方ないね。でも、そっちのお姉ちゃんは読めるんだろう？　なら、弟さんに読んでやんな」

いや、弟じゃないんだけど……。

でも、イルティィミナさんは大きく頷いて、優しく笑った。

「わかりました、マール。では、このイルティィミナ姉さんが、メニューを読んであげますね？」

「…………」

イルティィミナさん、ちょっと楽しんでるね？

そうして彼女は、白い指でボードのメニューを一つ一つ、示していく。

「これは、『フィオサンド』と読みます。フィオという獣の肉を焼き、パンで挟《はさ》んで食べる、この地方ではよくある料理です。好みの香草《こうそう》を一緒に挟むと、また違う味わいになるのが特徴《とくちょう》ですね。次は、『フィオラルサンド』。フィオサンドに、ラルというチーズを加えた品になります。その次は、『フィオラルオードサンド』で――」

結構な時間をかけて、彼女は、全メニューを説明してくれた。

露店のお姉さんは、「うんうん」と、仲良し姉弟の姿に、満足そうに頷いている。

色々と説明してもらったけれど、どれが一番いいのかわからなかったので、僕はとりあえず、基本形らしい『フィオサンド』をお願いすることにした。ちなみに、イルティミナさんは、『フィオラルサンド』を頼んでいた。

「はいよ、ちょっと待ってな」

露店のお姉さんは、鉄板の上に、鉄ヘラを叩きつける。

鉄板に油を敷《し》いて、そこに赤身の肉が投入され、ソースもかけられれば、香《こう》ばしい肉の焼ける匂いが広がっていく。あ、美味しそう……。

焦《こ》げ目のある焼けたパンの真ん中を切り、そこに、できたて熱々肉汁《にくじゅう》たっぷりのお肉たちが乗っかれば、『フィオサンド』の完成だ。

「ほらよ、熱いから気をつけな」

「ありがとう」

「こいつは、５リドだ。『フィオラルサンド』は６リドな？」

「リド……？」

僕の言葉に、皮袋《かわぶくろ》から硬貨を取り出そうとしていた、イルティミナさんの動きが止まる。

「まさか、マール……？」

「えっと……お金の単位も、わからないです」

「………………」

２人のお姉さんから、残念な子を見る目をされました。

あぁ、肩身《かたみ》が狭《せま》い……。

露店のお姉さんが、ため息をつき、その手のひらに、小さな赤い硬貨を乗せて、僕に見せてくれた。

「ほら、これが1リド硬貨だ。一番、小さい単位のお金だよ」

「へぇ、これが」

「そ。で、次……この青いのが10リド硬貨」

「ふんふん？」

「それで、この白いのが――」

「わかった、１００リド硬貨だね？」

露店のお姉さん、驚いた顔をして、それから笑った。

「正解だよ」

「やった」

「その次は、1千リド硬貨になるんだけど、それは今、うちにはないんだよねぇ」

「ここにありますよ?」

え?

見れば、イルティィミナさんが皮袋の財布《さいふ》から、銀と金の2つの硬貨を取り出している。

銀色の硬貨が、僕《ぼく》の手に置かれた。

(わ、重いっ?)

見た目より、ずっしりしている。

「これが1千リド硬貨です。そして、こちらが1万リド硬貨になりますね」

「わ、わわっ?」

金色の方は、もっと重かった。

露店のお姉さんは、目を丸くして、僕の手のひらを見つめている。

「アンタ、金持ちだねぇ?」

「まぁ、それなりに」

イルティィミナさんは、澄ました表情のままだ。

でも、なるほど。

なんとなく、お金のことはわかった。

『フィオサンド』の値段が500円ぐらいと仮定して考えれば、多分だけど、1リドは100

円ぐらい、なんだと思う。
つまり、僕の手にある1千リド硬貨は10万円で、こっちの1万リド硬貨は、

(え……ひ、100万円⁉)

衝撃《しょうげき》の事実に気づいて、僕の手は、ガタガタと震《ふる》えてしまった。

「イルティミナさん、お金、返す」

「あ、はい」

差し出した2枚の硬貨を受け取って、彼女は、それを皮袋にしまうと、そのまま無造作に腰ベルトのポーチに放《ほう》り込む。

ええ……？ 扱《あつか》いが、雑……。

同じことを思ったのか、露店のお姉さんが心配そうな顔になる。

「アンタ、スリに気をつけなよ？」

「ご心配なく。そういう連中の指は、これまでに何度も折ってきましたので」

「…………」

「…………」

黙り込み、なんとなく顔を見合わせる僕と露店のお姉さんだった。

そうして僕らは、「毎度あり」と笑う露店のお姉さんに見送られながら、また大通りを歩きだした。

ハム……モグモグッ

「うん、美味しい！」

フィオサンドは、ちょっと香辛料《こうしんりょう》の利いたハンバーガーみたいな味で、とても美味しかった。

うん、鼻から抜《ぬ》けるようなスパイスの香《かお》りが、凄く気持ちいい。

ホクホクで食べていると、イルティミナさんが小さく笑って、

「フフッ、ほら、マール。ほっぺに、ソースがついていますよ？」

白い指が僕の頬を撫でて、彼女はそれを当たり前のように自分の口へと運んで、舌でペロッと舐《な》めてしまう。わわ、恥《は》ずかしい……。

赤くなってしまう僕に、イルティミナさんは、優しく笑う。

それから彼女は、少し表情を改めて、

「マール？　文字の読み書きについてですが……」

「あ、うん」

「もしよろしければ、私が教えてさしあげましょうか？」

え、いいの⁉

「やはり、将来のことを考えれば、文字の読み書きは、覚えておいて損はありません。いえ、むしろ、必要なことです。マールさえよければ、ですが」

「う、うん。僕も覚えたい！」

「フフッ、そうですか。では、今夜からでも始めましょう」

「はい、イルティミナ先生！」

わ〜い。

僕は、思いがけない展開に、大喜びだ。

そんな僕の様子に、イルティミナさんは、どこか満足そうに笑う。

そして、彼女は、その手にあった『フィオラルサンド』を、大きな口を開けて、パクッと美味しそうに頬張《ほおば》るのだった――。

第二十九章　マールとイルティィミナの散策３

メディスの大通りを歩いていくと、やがて、その突き当りに、大きな純白の建物が現れる。

三角形をした屋根は、キラキラした不思議な光沢《こうたく》を放っていて、とても綺麗《きれい》な建物だ。

そして、通りを歩く旅人の多くが、その建物の中へと入っていく。

「ここは、聖シュリアン教会です」

イルティィミナさんが教えてくれる。

「確か……メディスの中心にあるんだっけ？」

「はい。よく覚えていましたね？」

いい子いい子、と頭を撫でられる。あはは、ちょっと恥ずかしい。

見れば、大通りはここから、左右に分かれていて、城壁《じょうへき》にある他の大門へ、そして街道《かいどう》へと通じているようだ。そちらからも、多くの旅人がやって来ては、この聖シュリアン教会に入っていく。

（もしかして、巡礼《じゅんれい》してる人たちなのかな？）

そう思った。

興味を示す僕に、イルティィミナさんが微笑み、聞いてくる。

「中に入ってみますか？」

「うん！」

僕は、大きく頷《うなず》いて、他の巡礼者《じゅんれいしゃ》たちと一緒に、聖シュリアン教会へと入っていった。

◇◇◇◇◇◇◇

前庭の池に架《か》けられた大きな橋を渡《わた》っていくと、教会の入り口がある。とても大きな扉《とびら》で、今は、大きく開放されていた。

他の人たちと一緒に、扉を潜《くぐ》り、

「うわぁ……」

僕の口から、思わず声が漏《も》れた。

そこにあるのは、大きな礼拝堂だ。

でも、アルドリア大森林にあった塔《とう》の礼拝堂とは、比べられないほどに、広くて、清潔で、煌びやかだった。その場の空気だけが、神聖な何かに変わっている。

礼拝堂の奥《おく》には、女神像《めがみぞう》があった。

背中に、８枚の翼《つばさ》があって、腕が４本ある。

その4本の手には、剣《けん》、盾、杖《つえ》、聖書がそれぞれに握られている。雄々《おお》しくて、美しくて、清楚《せいそ》で、可憐《かれん》で、その慈愛《じあい》に満ちた表情は、見ているだけで心が震えてくる。

「マール」

トントン

イルティミナさんに、肩《かた》をつつかれる。ん？

振《ふ》り返《かえ》ると、彼女は笑いながら、白い指を上に向けていた。上？

つられて、顔を上向ける。

（――――）

声を失った。

礼拝堂の天井《てんじょう》一面に、美しい絵画が描《えが》かれていた。

おぞましい黒い怪物《かいぶつ》とその眷属《けんぞく》に対して、美しい男神や女神《めがみ》が、白い服装の人々を率いて、雄々しくも勇ましく戦う絵だった。

神魔戦争――その名が、頭に浮《う》かぶ。

写実的なその天井画《てんじょうが》は、あまりにも美しくて、圧倒的《あっとうてき》な迫力《はくりょく》で僕らを包み込んでいる。まるで、実際にその場にいるような、そんな錯覚が満ちてくる。

（……なぜだろう？）

ふと、僕の中で、6人の光る子供たちの死んでいた、夢での光景が蘇《よみがえ》った。

僕の仲間だ。

あの天井画のように、みんなで一緒に戦った。

でも、誰《だれ》もいなくなって、今ここには、僕1人だけ……。

悪魔《あくま》は、まだ……。

「………」

よくわからない感情や、考えが、意味もなく浮かんでは、消えていく。

（これは僕じゃなくて、『マールの肉体』が反応してる……？）

そんな風に思った。

不意に、イルティミナさんが不思議そうな声で、僕を呼んだ。

「……マール？」

（ん？）

見れば、彼女は、なぜか驚いた顔をしていた。

そして、優《やさ》しく笑い、白い指で僕の頬《ほお》を撫でる。

（え……？）

僕は、いつの間にか、泣いていた。

目から、一筋の涙《なみだ》をこぼしていたんだ。なんでだろう？

理由はわからないけれど、何か懐《なつ》かしくて、悲しいような、不思議な気持ちだった。

近くにいた巡礼者さんたちも、なんだか優しい表情で、僕を見ている。

それでも、なぜか恥ずかしくはなくて、僕は泣きながら、その美しい女神像と天井画を見つめ続けた――。

◇◇◇◇◇◇

教会を出ると、我に返って、すっごく恥ずかしくなった……。

(い、いきなり泣くなんて、意味わからないよ)

あぁ、穴があったら入りたい。

顔を覆《おお》いながら歩く僕に、イルティミナさんは、困ったように笑いながら、でも、ずっと手を繋いで歩いてくれていた。

多くの旅人さんが、今も、出ていく僕らと入れ違いで、教会へと入っていく。

「……人気なんだね、聖シュリアン教会って」

「そうですね。祀《まつ》られている戦の女神シュリアンは、神魔戦争において、神と人の軍勢の中心となった三柱神《さんちゅうしん》の一柱ですから」

「へぇ？」

戦の女神様なんだ？

「じゃあ、他の2人の神様は、なんていうの？」

「正義の神アルゼウスと、愛の神モアですね。ここ、シュムリア王国では、女神シュリアンが人気ですが、隣《となり》の神皇国アルンでは、そちらの2神の方が人気があるようです」

「そうなんだ？」

神様に対しても、暮らす土地によって、人々の好みが分かれるものなんだね。

ドンッ
「おっと？」

そんな考え事をしてたからだろうか、すれ違おうとした1人の少女とぶつかってしまった。

「あ、ご、ごめんなさい」

少女は、慌《あわ》てたように謝《あやま》ってくる。

年齢《ねんれい》は、僕と同じぐらい。でも、着ている服は、あまり上等ではなくて、汚れが目立つ。肌《はだ》の血色も悪く、茶色の髪《かみ》も少し傷《いた》んでいるようだった。

僕は、笑って、首を振った。

「ううん。こっちこそ、ぶつかってごめんなさい」

「あ……」

少女は、安心したように息を吐《は》いた。

と、彼女《かのじょ》の前方――僕にとっては、背中側から、少女の仲間らしい子供たちの声がした。

「お～い、何やってるんだよ?」

「神父様、待ってるよ～」

「早く早く～」

「ご飯、なくなっちゃうぞ～?」

仲間たちに手招きされて、少女は、僕にペコッと頭を下げると、彼《かれ》らの方へと小走りに走っていった。

なんとなく、彼女たちを見送る。

「彼女たちは、孤児《こじ》ですね」

イルティミナさんが、そちらを見ながら、ポツリと呟《つぶや》いた。

僕は、その白い横顔を見上げる。

「各地の聖シュリアン教会では、親や身寄りのない子供たちを、保護しているんです」

「そうなんだ?」

「はい。……ひょっとしたら、あの子たちの中には、赤牙竜ガドに家族を殺されてしまった子供も、いたかもしれませんね」

「………………」

吹《ふ》く風が、少し冷たかった。

僕は、少女がぶつかった身体の部分に触《ふ》れながら、美しい純白の聖シュリアン教会を見つめる。心の中で、女神シュリアン様のご加護を願った。

「さぁ、行きましょう、マール？」

「うん」

僕らは手を繋いで、巡礼の人たちの中を抜け、その場をあとにした――。

◇◇◇◇◇◇

教会を出た僕らは、そろそろ時間なので、ドワーフおじさんの防具店へと戻ることにした。

「おう、戻ってきたな？　修理は、終わってるぜ」

金槌《かなづち》を片手に、おじさんは歯を見せて笑う。

そうして、戻ってきた鎧《よろい》は、なるほど見事に穴が塞《ふさ》がっている。いや、多分、穴の開いた金属部品だけを、交換《こうかん》したのかもしれない。

「ふむ……稼働部《かどうぶ》に、違和感《いわかん》もありません。見事な腕《うで》ですね」

「だろ？」

イルティミナさんは、細部までチェックしたあと、満足そうに頷く。

ドワーフおじさんも、得意げだ。

そうしてイルティィミナさんは、修理された鎧を、身に着けていく。

（あぁ……ただの女の人から、冒険者に戻っちゃった）

ちょっと残念。

でも、白い鎧を身に着けた姿は、ずっと見てきたイルティィミナさんの姿なので、安心感もあった。

うん、イルティィミナさんは、やっぱりこうでないと。

彼女は、軽く身体を動かして、問題がないことを確認《かくにん》する。

そんなイルティィミナさんを見ていたドワーフおじさんは、

「なぁ？　つまんねぇことを聞くが、お前さん、もしかして『魔血《まけつ》の民《たみ》』か？」

あご髭《ひげ》を撫でながら、そんなことを言った。

（『魔血の民』？）

イルティィミナさんの動きが止まった。

「…………。それが何か？」

短くない間のあとに、彼女は静かに聞き返す。

その声が、妙《みょう》に寒く感じた。

でも、僕からは、彼女の背中しか見えないので、その表情はわからない。

ドワーフおじさんは、軽く手を振る。

「そんな怖《こわ》い顔するない。俺は別に、なんとも思っちゃいねぇよ。こんな商売やってりゃ、相手することも多いからな」

「…………」

「ただ、ちとお節介《せっかい》でな」

チラッとおじさんの視線が、僕を見る。

「知ってんのか？」

「余計なお世話です」

答える声は、とても固くて、怖い。

なんだか、妙な緊張感《きんちょう》が店内に満ちている。

「そうかい。だがな、俺の経験から言わせてもらえば、早めに教えておくこった」

「…………」

「年の差だろうが、異人種だろうが、恋仲《こいなか》になっちまえば関係ねーよ。だが、いつまでも、隠《かく》しておける秘密でもねぇ。なら、相手を信じて、話してみちゃどうだい？」

「……いえ、私たちは恋仲では」

「あぁ、わかってらぁ。俺は他人だ。余計な口出しだよ。——だがなぁ。俺は、お前さんらみてえなのには、上手《うま》くいって欲《ほ》しいのよ」

おじさんの声には、一点の曇《くも》りもない。

彼の視線に、イルティミナさんは沈黙《ちんもく》し、やがて、大きく息を吐いた。

「ご忠告は、聞いておきます」

「おう。ま、頭の片隅《かたすみ》にでも、入れといてくれや？」

ドワーフおじさんは、屈託《くったく》なく笑った。

ゆっくりと振り返ったイルティィミナさんは、僕を見る。そこにあるのは、穏《おだ》やかな優しい笑《え》顔《がお》だ。

「すみません。変な話で、待たせてしまって」

「ううん」

僕は、首を振った。

色々と思ったことがあった。

聞きたいこともあった。

でも僕は、待たないといけない、そう思った――イルティィミナさんが、自分から言ってくれる日まで。

（彼女の秘密を教えてもらうには、今の僕は、たぶん、それに値してないんだろうな……）

もっと、がんばらないと。

イルティィミナさんに、信じてもらえるような男になるまで。

「……マール？」

どこか不安そうなイルティィミナさんの手が、僕へと差し出される。

躊躇《ちゅうちょ》なく、それを握った。

彼女は、なんだか安心したように息を吐いた。そして、嬉しそうに笑う。

「その坊主《ぼうず》なら、大丈夫《だいじょうぶ》だと思うんだがねぇ？」

手を繋いで、店から立ち去る僕らの背中を眺《なが》めながら、ドワーフおじさんの苦笑《にがわら》いするような声が聞こえてきた――。

第三十章　お目覚め少女

防具店をあとにした僕らは、冒険者《ぼうけんしゃ》の宿屋『アルセンの美味《うま》い飯』へと戻《もど》ってきた。

扉を開けると、1階の酒場のカウンター奥にいた小太りの店主アルセン・ポークさんが、すぐに僕らを見つけてくれる。

「おかえりなさい、イルティミナさん、マール君」

「ただいま戻りました」

「ただいま、アルセンさん！」

僕らが挨拶《あいさつ》すると、彼はにっこり笑う。

それから彼は、ふっくらした手で『おいで、おいで』と僕らを手招きした。

「？」

僕は、イルティミナさんと顔を見合わせ、そして、一緒にカウンターへと近づいていく。

アルセンさんは、酒場にいる他の冒険者には聞かせないためか、少し声を小さくして、

「ソルティスちゃん、無事に目が覚めましたよ？」

「え？」

「本当ですか？」

驚《おどろ》く僕らに、アルセンさんは「はい」と大きく頷いた。

「もう、すっかり元気みたいです。お昼の食事も、3人前は食べていましたから」

「さ、3人前……？」

「もう、あの子ったら」

ポカンとする僕と、苦笑するイルティミナさん。

でも、それだけ元気になった証拠《しょうこ》だろう、うん。

（よかった、ソルティス……）

横にいるイルティミナさんも、鎧の上から、大きな胸に白い手を当てて、大きく息を吐いている。

（うん、元気になったなら、彼女にお礼を言いたいな）

森で、僕を助けてくれたこと。

ちゃんと、ありがとうって、伝えておきたかった。

アルセンさんが、ウズウズした僕に気づいて、優しく笑う。

「お2人とも、早く顔を見せてあげてください」

「はい」

「うん。——イルティミナさん、早く行こう、行こう！」

僕は、急《せ》かすように彼女の手を引っ張る。

イルティミナさんは、「マール、そんなに慌てないで」と、苦笑しながらついてくる。

そうして僕らは、1階の酒場を通り抜けて、3階へと続く階段を上っていく。

その途中《とちゅう》、前方で、銀の煌《きら》めきが散った。

「おう。2人とも、戻ったか?」

そこに銀髪《ぎんぱつ》のキルトさんが立っていた。

階段を降りる途中だったんだろう。

今の彼女は、雷《かみなり》の大剣も黒い鎧も装備してなくて、ノースリーブのシャツにズボンというラフな格好だった。豊かな銀色の髪も、今は頭の後ろで結ばれて、ポニーテールになっている。

なんだか、新鮮《しんせん》だ。

(こうして見ると、キルトさんも、普通《ふつう》の女の人に見えるよね)

新しい魅力《みりょく》のキルトさんに、僕の視線は、思わず、吸い寄せられてしまう。

イルティミナさんが確認する。

「キルト。ソルの意識が、戻ったのですよね?」

「うむ。そなたらが出た直後じゃったな。ほとんど、入れ違《ちが》いのように目を覚ましよったわ」

笑いながら、頷くキルトさん。

僕も、つい聞いてしまう。

「じゃあ、ソルティスは、もう大丈夫なの?」

「問題ない。脳への後遺症《こういしょう》も、なさそうじゃ。……昼飯も、よう食っておったからの」

ちょっと遠い目のキルトさん。

あはは……3人前って、やっぱり本当なんだ？

（でも、よかった）

僕とイルティミナさんは、互《たが》いに顔を見合わせて、笑い合ってしまう。

「ふむ……」

手を繋いで笑う僕らに、キルトさんは、少し考え込む顔になる。

なんだろう？

少し気になったけど、それよりも今は、ソルティスに会いたかった。

「じゃあ、キルトさん、僕らはソルティスに会ってきます」

「またあとで、キルト。――では、マール。行きましょう」

僕らは、キルトさんの横を抜けて、階段を上がろうとする。

けれど、

「待て」

その白い手が、イルティミナさんの肩を押《お》さえていた。え……？

キョトンと振り返る僕らに、キルトさんは言った。

「マールは、そのまま、ソルに会ってやってくれ。――じゃが、イルティミナ。そなたには、少し話がある。1階の酒場まで共に来い」

「え？」

「話、ですか？」

驚くイルティミナさん。

キルトさんは、生真面目《きまじめ》な表情で、大きく頷いた。

――その黄金の瞳《ひとみ》には、断りを許さない、強い光がある。

「わかりました」

パーティーリーダーの命令に、イルティミナさんは頷くしかない。

そうして彼女は、僕に笑いかけると、繋いでいる手を、反対の手でポンポンと優しく叩《たた》いて、

「またあとで、マール」

「うん」

その白い指が、離《はな》れていった。

2人の美女が、階段を下りていくのを、僕は、その場で見送る――と、キルトさんの視線が、ふと僕を振り返った。

「…………」

その黄金の瞳は、鉄のように硬質《こうしつ》で、でも、なんだか悲しそうな目だった。

よくわからない不安を感じながら、僕は、彼女たちの姿が視界から消えるまで、そこに立ち尽《つ》くしていた――。

◇◇◇◇◇◇◇

3階にある角部屋の、扉の前に立った。

「すー、はー」

僕は、一度、深呼吸する。

なんだか、ソルティスと1人で会うとは思わなくて、ちょっと緊張してきたんだ。

同世代の女の子と1対1なんて、前世でもなかった気がする。

（いや、本当の僕はもう、大人なんだけどさ）

でも、前世の記憶《きおく》が、曖昧《あいまい》だからかな？

僕の精神年齢は、このマールの肉体に引っ張られて、かなり幼くなってる気がするんだ。

（それに、ソルティスって、結構、気分屋なところがありそうだし……）

ま、嫌《きら》いじゃないけどね。

「よし」

僕は、パンパンと頬を叩いて気合を入れた。

そして、扉をノックする。

コンコン
「どーぞー」

思ったより、気楽そうな少女の声が返ってきた。

それに誘《さそ》われるように、僕はドアノブを回していく。

「ただいま、ソルティス」

声をかけながら、室内に入る。

部屋の中は、出かける前と、特に変わりはない。

いや、あの清潔なベッドがもう1つ、増えている。きっとアルセンさんが、僕の分も用意してくれたんだろう。

そして、その隣のベッドには、もう眠《ねむ》っている少女は、いなかった。

「あら？　なんだ、ボロ雑巾《ぞうきん》じゃないの。――おかえり」

驚いた声は、部屋にある机に向かって座《すわ》っている少女からだった。

（あ、眼鏡してる？）

ソルティスは、丸くて大きな眼鏡をかけていた。

服装は、ワンピースの腰《こし》を、腰帯《こしおび》で押さえただけの格好で、裾《すそ》は膝上《ひざうえ》ぐらいの高さ。柔《やわ》らかそうな紫色《むらさきいろ》の髪は、今、首の後ろで2つに分けられ、紐《ひも》で結ばれている。毛先は、身体の前に落とされていて、膨《ふく》らみ始めた胸を優しく隠していた。

なんだろう？

眼鏡をかけてるだけで、この子が、大人しい知的少女に見えてくる……。

詐欺《さぎ》のような容姿の彼女は、今、机の上に広げられた、数枚の紙の束を眺めていた。

（あ、そうだ。お礼を言わないと）

思い出した僕は、ソルティスの背中に声をかける。

「あのさ、ソルティス？」

「ん～？」

「昨日のことなんだけど、えっと、その、森の中で僕のこと助けてくれて、あり――」

「ストーップ！」

……え？

突然《とつぜん》の大声である。

思わず停止した僕を、彼女は、睨《にら》むように振り返った。

「それ以上、言わないで」

「え？　でも、僕はただ、ありが――」

「だぁあああああっ！　言うなって、言ってんでしょーがぁああっ！！！」

詐欺師《さぎし》の仮面が、剥《は》がれた。

「はぁ、はぁ」と肩で息をするソルティスを、僕はポカンとして見つめるしかない。

彼女は、額の汗《あせ》をぬぐい、

「あのね？　アンタがそれ言うと、ガドから助けられた私も、同じ台詞《せりふ》を言わなきゃいけなくなるの。わかる？」

「う、うん」

「でも、私は、ボロ雑巾にそんなこと言うの、ぜ～ったいに嫌《いや》！」

「…………」

「だから、お互い様ってことで、この件に関しては、今後ノーコメント。いい？　わかった？

わからなかったら、魔法《まほう》、ぶちこんであげるから」

「わ、わかったよ」

その目に本気の光を感じて、僕はコクコクと頷いた。

「なら、よし」

彼女は、両手を腰に当てて、満足そうに頷く。

そして、ひっくり返した椅子《いす》を戻して、何事もなかったかのように机に向かう。

う〜ん。

（……なんて過激な、照れ隠しなんだろう？）

脅迫《きょうはく》までしてくる照れ隠しは、初めての経験だ。

僕は、半分感心、半分呆《あき》れながら、なんとなく、自分のための新しいベッドに腰を下ろした。

ソルティスはもう、こちらには興味がないようで、手元の紙の束ばかりに意識が集中している。その真面目《まじめ》な横顔を見ていると、なんだか、声もかけ辛《づら》かった。

（……イルティミナさん、早く戻ってこないかな？）

遠い目で、そんなことを思ったり。

ペラ　ペラ
時々、ソルティスの紙をめくる音がする。

「ふぅ～ん？」

なんだか、感心したような声を漏らして、不意に、彼女はこちらを振り返った。

「ねえ、アンタ……マールだっけ？」

「ん？」

「これ描いたの、アンタなんでしょ？　もうちょっと詳《くわ》しい話、聞かせなさいよ」

え？

彼女は、読んでいた紙の束をヒラヒラと揺《ゆ》らしている。

それは、墨《すみ》で描かれた何かの風景画のようで、

（あ……それ、深層部で僕《ぼく》が描いた、塔の風景や石の台座のスケッチだ）

僕は、ポカンとした。

「なんで、ソルティスがそれ、持ってるの？」

「イルナ姉の荷物から、勝手に漁《あさ》ったわ」

「勝手にって……」

おいおい？

「いいじゃない。姉妹なんだから」

ソルティスは、悪びれた様子もなく、にっこりと笑ってらっしゃる。

うん、まぁ、ウォン姉妹の関係に、僕は口挟《はさ》む権利はないけどさ。

「そんなことより、これよ、これ。ちょっと説明しなさいよ？」

言いながら、彼女は僕の座ったベッドの横に、ボフンと座る。

腕同士が触れ合って、ちょっとドキッとしてしまった。

子供だけど、ソルティスは凄《すご》い美人で、その横顔は、信じられないぐらいに整っている。眼鏡少女というのも、ちょっと狡《ずる》い気がする。

「ちょっと聞いてる？」

「あ、ごめん。何？」

「もうっ！　これよ、これ！」

僕は気を取り直して、顔の前に突《つ》きつけられたスケッチを受け取った。

（あぁ、女神像？）

「これ、手から何か出てるけど……何？」

「あぁ、うん。これは、癒《いや》しの霊水《れいすい》だよ。ここから、ずっと出てるんだ」

「癒しの霊水っ⁉」

ソルティスは、とても驚いた表情だ。

僕は「そう」と頷いた。

「手首に、小さな穴が開いてて、そこから出てたんだ。下にある貝殻《かいがら》の台座には、この部分に、排水溝《はいすいこう》があって、地下に流されてるみたいだった」

「へ～？」

彼女は、感心したように呟いて、別の紙に筆を走らせる。

どうやら、僕の話をメモしているみたいだ。

「じゃあ、こっちは？」

「これは、石の台座だね。塔の近くの森の中にあって、全部で7つあった。でも、6つは壊《こわ》れてて、1つだけが無事だったよ。――スケッチに、地図なかった？」

「えっと、これかしら？」

そうそう。

「ここが塔で、こっちが石の台座。距離《きょり》は、直線で1000メードぐらいかな？」

「ふんふん」

「あと、これがトグルの断崖《だんがい》で、ここに壁画《へきが》があった」

「壁画？」

「うん。多分、神魔戦争の壁画だろうって、イルティミナさんが言ってたけど」

「へぇ～、こんなところに？」

なんだろう？

彼女の目が、凄くキラキラしている。

身体の寄せ方も、かなり大胆《だいたん》になってきた。

髪の甘《あま》ったるいような匂《にお》いとか、子供らしい熱い肌とか、ちょっとドキドキする。

でも、当のソルティス本人は、気にした様子もなくて、

「じゃあじゃあ、これは何？　これは？」

「あぁ、塔の居住スペースだよ。僕、ここで暮らしてたんだ。……そういえば、イルティィミナさん、ここの本を何冊か、持ってきてたはずだけど」

「え？　嘘《うそ》っ、どこ⁉」

彼女は、ダーッと部屋の隅《すみ》に走って、あの大型リュックの中身をポイポイ放《ほう》り出《だ》していく。

あぁ、イルティィミナさんが、あんなに丁寧《ていねい》にしまってたのに……。

(あとで怒《おこ》られても、知らないぞ？)

しばらく漁って、

「あった！　これね！」

彼女は、それを見つけ出して、そのまま床《ゆか》の上に広げて、四《よ》つん這《ば》いで読み始めた。

僕も立ち上がって、隣に座る。

「何よ、これ？　古代タナトス王朝時代の魔《ま》法陣《ほうじん》の図案集じゃない……え？　これ、本当に無傷の完品？　え、本当に⁉」

「この表紙の魔法陣なんだけどさ」

僕は、本の隣に、石の台座のスケッチを置く。

「こっちと一緒《いっしょ》に見えるんだ」

「…………。そうね、一緒っぽい！　待って待って、え〜と、ラー・クリウス・ティット、アラー・ム・ティリス……うぅ〜、スケッチの字、読み辛い！　比べるの、大変じゃないの！」

「ご、ごめん」

「あ、いいのいいの！　これだけでも、凄い収穫《しゅうかく》なんだから！」

そう明るく笑うと、彼女は上半身を起こして、今度は、難しい顔で腕組《うでぐ》みする。

「でも、しまったな～。タナトスの魔法文字の辞典、王都に置いて来ちゃったわよ。……まさか、こんな遺跡《いせき》が見つかるなんてな～」

……………。

「あのさ、ソルティス？　王都に行ったら、この魔法陣の文字の意味とか、わかるの？」

「そりゃね。王都ムーリアには、王立図書館もあるし、ギルドには専門の『魔学者』たちもいるし、時間はかかっても解読できるんじゃないかしら？」

「……………。そっか」

僕は、考える。

（じゃあ……王都に行かないと、ね）

僕は、自分の手を――マールの手を見つめる。

僕はもっと、神魔大戦のことを、この塔や石の台座のことを、タナトスのことを知らないといけないと思った。

夢の中で見た、死んでしまった6人の光る子供たちの分も、僕が、やらないといけない――理由もわからないけれど、なぜか、僕の中には、そんな感情が強くある。

（わかってるよ、マール。ちゃんと答えを見つけるから）

そう自分の手に語りかけていると、

「ね、マール？　他にも、知ってることがあるなら、教えなさいよ」

グイグイと、ソルティスに肘《ひじ》を引っ張られた。

見上げる瞳は、なんだか、キラキラと輝《かがや》いて見える。

僕は、小さく笑って、考え込む。

「他って言われても、そうだなー。あとは、骸骨王《がいこつおう》のこととか、魔法のペンダントのこととか、かなぁ？」

「何それ、何それ？　もっと詳しく教え――」

そうやって、ソルティスが催促《さいそく》した――その時、
ドンドンドンッ
突然、部屋の扉《とびら》が激しくノックされた。

「マール君、ソルティスちゃん、いますか!?」

とても慌てたような声は、

「アルセンさん？」

僕は、ソルティスと顔を見合わせる。

立ち上がって、部屋の戸を開けると、ふっくらした顔に汗を滴《したた》らせ、とても焦《あせ》った顔のアルセンさんがいた。

「どうしたんですか、アルセンさん？」

「ど、どうしたもこうしたも、た、大変なんです！　マール君もソルティスちゃんも、来てく

ださい！　キルトさんとイルティィミナさんが……っ！」

「えっ⁉」

イルティィミナさんたちに、何かあったの⁉

僕とソルティスは慌てて、アルセンさんの横を抜《ぬ》け、1階の酒場へと階段を駆《か》け下《お》りていった。

特別書きおろしショートストーリー

イルティミナの誓い

「――うん。僕は、マールっていうんだ」

私の目の前で、その少年はそう言って、少し恥《は》ずかしそうに笑いました。


私の名前は、イルティミナ・ウォン。

この国の王都ムーリアにある冒険者ギルド『月光《げっこう》の風《かぜ》』に所属する冒険者であり、『銀印《ぎんいん》の魔狩人《まりゅうど》』です。


アルドリア大森林。

この巨大《きょだい》な森林に、私は仲間と共に、赤牙竜ガドの討伐《とうばつ》に訪《おとず》れました。

けれど、

『ゴガァアアッ！』

「！」

「イルナ⁉」

「嘘っ、イルナ姉⁉」

赤牙竜ガドの強襲《きょうしゅう》を受けて、私は仲間からはぐれ、アルドリア大森林・深層部へと落ちてし

やがて、宿屋に戻《もど》った私たちは、私だけキルトに呼び止められました。

（？）

その黄金の瞳には、悲しみと覚悟《かくご》の光がありました。

（……いったい何事でしょうか？）

銀髪の揺れる背中を眺《なが》めながら、共に階段を降りていきます。

いえ、何であっても構いません。

すでに私の心の奥深《おくふか》くまで、この少年の存在は届いていました。

この先、何があってもこの子を守ると、私は自分の心に、そう誓いを立てていました。

ギュッ
自らの胸元《むなもと》を、手で押さえます。

その内側にある熱が、私に教えてくれていました。

——このマールという少年と出会い、そして共に生きていくことこそが、私にとっての運命になるのだと。

あとがき

皆さん、初めまして。

第1回ノベルアップ+小説大賞入賞作『少年マールの転生冒険記　～優しいお姉さん冒険者が、僕を守ってくれます！～』の作者、月ノ宮マクラと申します。

この度は、この本を手に取って下さって、本当にありがとうございます！

こちらは、ウェブ小説の投稿サイトに投稿している作品です。

それが、ありがたい事に「ノベルアップ+小説大賞」に入賞し、ホビージャパン様によって書籍化して頂くことができました。

受賞の連絡を頂いた時は、本当に夢を見ているようで嬉しかったです。

そもそも、この作品を書こうと思ったきっかけは、

『書きたいものを書きたいだけ書きたい！』

という欲求から来るものでした。

昔から小説を書くのが好きで、公募などにも応募したことがあります。

しかし、公募には文字数制限があります。

自分はそれが苦手でした。

書きたいと思っているものが、どうしても書き切れない不満があって、そんな中、そういう制限のない小説投稿サイトの存在を知って、思い切って投稿をし始めたのです。


お姉さんものが書きたいな。

主人公の少年が、そのお姉さんと出会って、支えられながら成長して、恋愛して、やがて世界を舞台に冒険していく話が書きたいな。


その気持ちに従って、素直に書き続けました。

書籍化を夢見てはいましたが、実現するとは思っていませんでした。

それでも、ただただ小説を書く事を楽しもうと書き続けて、ふと気づいたら、その物語は今、貴方の手に取って頂く事ができています。

本当に不思議で、けれど、やはりとても嬉しく、ありがたく思っています。


投稿サイトの方では、現在、その物語は２００万文字を越えました。そのため、この1巻に収められているのは、本当に序盤の物語になってしまっています。

マールとイルティミナ、2人の物語は、まだ始まったばかりです。

その冒険も、そして、恋愛も。

もし1巻を読んで、面白かった、続きを読んでもいいかなと思って頂けたなら、どうかご期待下さいね。

この先、彼らの物語はより深く、大きくなっていきます。

その年の差の恋愛模様も、進展していきます。

広がっていく物語の世界は、きっと、より楽しんでもらえると思いますよ♪


さて、ここからは、多くの感謝を。

投稿サイトにて、この作品をずっと読み続けて下さった読者さん、交流してくれた作者の皆さん、本当にありがとうございました。

皆さんとの繋がりが自分を支え、ここまで来ることができました。

この書籍化は、比喩ではなく、本当に皆さんの力でもあります。

また多くの事を丁寧に教えて下さった担当編集様、震えるぐらい素敵なイラストを描いて下さったまっちょこ様、この作品を世に出そうとしてくれたホビージャパン様、また出版に関わってくれた全ての皆様にも、深く感謝を。

本当にありがとうございました。

そして、この本を手にしている貴方にも、大きな感謝を！

この広い世界の中で、この作品を見つけてくれて、自分の書いた文章を読んで下さって、本当にありがとうございました。

少しでも貴方の心を楽しませてあげられたなら、作者としても幸いです。

最後に、次巻で再び、皆さんとマールたちの物語で出会えることを願って……。

それでは、また！

月ノ宮マクラ

HJ NOVELS
HJN53-01

少年マールの転生冒険記 1
～優しいお姉さん冒険者が、僕を守ってくれます！～

2020年10月22日　初版発行

著者――月ノ宮マクラ

発行者―松下大介
発行所―株式会社ホビージャパン
〒151-0053
東京都渋谷区代々木2-15-8
電話　03(5304)7604（編集）
　　　03(5304)9112（営業）

印刷所――大日本印刷株式会社

装丁――coil／株式会社エストール

乱丁・落丁（本のページの順序の間違いや抜け落ち）は購入された店舗名を明記して当社出版営業課までお送りください。送料は当社負担でお取り替えいたします。但し、古書店で購入したものについてはお取り替えできません。
禁無断転載・複製

定価はカバーに明記してあります。

©Makura Tsukinomiya

Printed in Japan

ISBN978-4-7986-2326-9　C0076

ファンレター、作品のご感想お待ちしております
〒151－0053　東京都渋谷区代々木2－15－8
(株)ホビージャパン HJノベルス編集部 気付
月ノ宮マクラ 先生／まっちょこ 先生

アンケートはWeb上にて受け付けております（PC／スマホ）
https://questant.jp/q/hjnovels
● 一部対応していない端末があります。
● サイトへのアクセスにかかる通信費はご負担ください。
● 中学生以下の方は、保護者の了承を得てからご回答ください。
● ご回答頂けた方の中から抽選で毎月10名様に、HJノベルスオリジナルグッズをお贈りいたします。